CRISTINA FERNANDEZ CUBAS

Nació en Arenys de Mar, Barcelona, en 1945.
Licenciada en derecho y periodismo, irrumpió
brillantemente en 1980 en el panorama lite-
rario español con un libro de relatos. A **Mi
hermana Elba,** que recibió una calurosa
acogida por parte de la crítica y de los lectores,
siguió, tres años después, **Los altillos de
Brumal,** otra incursión en el difícil arte de la
narración breve, en el que **Cristina Fernández
Cubas** ha revelado ya toda su maestría. (Estos
dos libros están reunidos en un único volumen, Andanzas 61.) Con la publicación de
El año de Gracia en 1985, **Fernández Cubas**
se afianzó como la gran escritora que presa-
giaban sus dos primeros libros no sólo en
España, sino también en los muchos países
donde han sido ya traducidos. En 1990,
publicó su tercer libro de cuentos, **El ángulo
del horror** (Andanzas 119).

Cristina Fernández Cubas

El año de Gracia

F A B U L A
TUS**Q**UETS
EDITORES

1.ª edición en Colección Andanzas: mayo 1985
1.ª edición en Fábula: marzo 1994

Diseño de la colección: Pierluigi Cerri

Ilustración de la cubierta: fragmentos de *Marooned*
(Abandonado en una isla), óleo de Howard Pyle, 1909.
The Delaware Art Museum. Wilmington

ISBN: 84-7223-750-8
Depósito legal: B. 231-1994
Impreso sobre papel libre de cloro de Vilaseca, S.A.

Impresión y encuadernación: GRAFOS, S.A. Arte sobre papel
Sector C, Calle D, n.º 36, Zona Franca - 08040 Barcelona
Impreso en España

Indice

A la memoria de Amalia Cubas Moreno

I

1

Aunque los mejores años de mi vida transcurrieron de espaldas al mundo, dedicado al estudio de la teología y al aprendizaje de las lenguas muertas, a nadie, más que a mí mismo, puedo culpar de las innombrables desventuras que me acechan. Ingresé en el Seminario por voluntad propia, desoyendo súplicas y consejos, enfrentándome al ardiente anticlericalismo de mi familia y llenándome de orgullo cada vez que mi padre se tomaba la molestia de recordarme por escrito su firme propósito de olvidarse de mí a la hora de otorgar testamento. Con la noticia de su muerte, sin embargo, una sensación perturbadora fue adueñándose de mi espíritu. Al principio no le concedí importancia, atribuí tal malestar a la pérdida que acababa de sufrir e intenté aturdirme con mis ocupaciones favoritas: la lectura y el estudio. Pero la soberbia biblioteca del convento dejó, de pronto, de ejercer su irresistible dominio, los libros se amontonaban indolentes sobre la mesa de la celda, y las cotidianas traducciones de griego —trabajo en el que solía distinguirme— se vieron inundadas, con alarmante frecuencia, de inexcusables y bochornosos errores. Muerto mi padre, la vida monacal se me aparecía como una sucesión de absurdas privaciones. Por las ventanas del refectorio se filtraban prometedores rayos de luz, el frío invierno había dejado paso a una embriagadora primavera, de los rosales y los almendros del jardín empezaban a brotar las primeras flores. Sentía como si el mundo se preparase para asistir a un magnífico festín del que yo me hallaba fatalmente excluido. Mi cuerpo, por primera vez en tanto tiempo, había cobrado vida independiente. Me exigía aire libre, mar, ignoradas y fascinantes sensaciones. La atmósfera del vetusto edificio de granito se me hizo asfixiante. Por las mañanas paseaba por el jardín entonando cantos improvisados, mordisqueando manzanas, pisoteando sembrados y brincando como un colegial a la menor ocasión en que me creía solo. Por las noches abría la ventana de mi celda, contemplaba las estrellas, y las reducidas dimensiones de mi aposento me golpeaban la nuca con hirientes reproches. Mi desazón no pasó desapercibida a los compañeros de estudio ni mis extravagancias matutinas al ojo vigilante del hermano portero. Pero poco podía hacer yo por remediarlo. Una rara ebriedad regía todos y cada uno de mis actos, y cuando el director, en fraternal actitud, me hizo saber de su extrañeza ante mi comportamiento, sólo acerté a formular preguntas que, en mi interior, hacía tiempo habían hallado respuesta. ¿Cómo se podía renunciar a lo que se desconocía? ¿Qué valor encerraba la entrega de un muchacho inexperto? ¿A quién me empeñaba en demostrar mi desprecio por las banalidades del mundo?... Desaparecido el testigo principal, mi hazaña se convertía en deserción, mi valentía en desistimiento. La mañana, en fin, del 7 de junio de 1980 me despedí del Seminario con la misma vehemencia con la que, siete años atrás, abandonara el siglo.

2

Gracia me lo advirtió enseguida. Se encontraba cansada, soñolienta, no le interesaba saber una palabra de mi vida monacal y me aconsejaba, desde ahora, que me abstuviera de preguntarle por su marido. Si él la había abandonado o había sido ella la que había tomado tan caprichosa decisión, a nadie podía incumbir más que a ellos mismos. Así y todo me invitaba a almorzar. Un almuerzo frugal, tan imprevisto como mi propia presencia. No añadió "inoportuna" o "premiosa", ni yo aguardé a que lo hiciera. Me había puesto en pie e iba a despedirme ya, cuando, contrariamente a lo que podía esperar, mi hermana me dirigió una sonrisa.

—Ahora, no sé por qué, me estoy acordando de la última vez que nos vimos...

Gracia seguía siendo una mujer atractiva a pesar de que la edad hubiera acentuado la dureza de sus rasgos y de que de la antigua luminosidad de sus ojos no quedara más que un lejano recuerdo. Tampoco yo, pensé, debía de parecerle el mismo. Nuestra última conversación había tenido lugar años atrás, en los jardines del Seminario, y mi actitud de entonces —que ella me devolvía ahora con una extraña sonrisa— no pudo haber sido menos cortés o afortunada. En aquella ocasión le agradecí su interés por mi persona, pero, al tiempo, escudándome en pretextos imposibles, le supliqué que dejara de visitarme. En realidad me avergonzaba de ella, del rabioso carmín de sus labios, de la insistencia por aparecer vestida con los modelos más llamativos y excéntricos, de la estela de perfume penetrante que, horas después de su partida, serpenteaba aún por galerías, corredores y claustros... Gracia supo encajar el golpe y nunca más regresó. Pero ahora era yo quien, a cientos de kilómetros, ante el mismo carmín y parecido perfume, me sentía inadecuado y estúpido... Ella recorrió con la mirada la ajada camisa negra, descendió por los pantalones grises y se detuvo, sin disimular cierto fastidio, en el extremo puntiagudo de uno de mis zapatos de charol. "Dios mío", dijo simplemente.

Aquel mismo día me quedé a vivir en lo que había sido nuestra casa familiar. De mi decisión se encargó la propia Gracia, al término de un almuerzo plagado de silencios y suspiros, con una autoridad que no permitía réplica y que a mí menos que a nadie, me era posible discutir. Fue —y la memoria en este punto no puede engañarme— poco después de que, con frecuentes titubeos y escasa brillantez, lograra enterarla al fin de mi firme propósito de vivir en el mundo. Gracia, entonces, me miró con asombro, dijo: "Eso está mejor. Mucho mejor", volvió a sonreírme y, por unos instantes, sus ojos recobraron la viveza de otros tiempos. Pero no tuve ocasión de rescatar pasajes de la infancia, compartir recuerdos o iniciar, tan siquiera, una conversación cordial e intranscendente. Enseguida mi hermana se puso en pie. "Te enseñaré tu habitación", dijo. Y yo, a mis veinticuatro años, pero sintiéndome como un niño, la seguí en silencio por el largo pasillo, sin atreverme a protestar, a rechazar su oferta o, sencillamente, a darle las gracias.

No tardé en darme cuenta de que, tras la invitación de mi hermana y su fugaz alegría, se ocultaba la voluntad de someterme a un plan que desconocía la piedad o la clemencia. Gracia se había propuesto reeducarme a su estilo, y la misteriosa desaparición de los zapatos, a la mañana siguiente, o del resto de mi parco vestuario, pocos días después, no iba a ser más que el tímido preámbulo a una larga lista de reconvenciones y advertencias. En ningún momento, por fortuna, se me ocurrió dudar de sus intenciones y de mi suerte.

Durante las primeras semanas no tuve tiempo de considerar la vida que dejaba atrás, por hallarme sumergido en la que ahora se me obligaba a compartir. Mi hermana me invitó a los mejores restaurantes, se ofreció a acompañarme a los últimos espectáculos... Pero no me pude librar, por más que lo intenté, de asistir a unas largas y tediosas fiestas en las que ella se movía a sus anchas, hablaba con generosidad y bebía con verdadera exageración. Al término de aquellas veladas yo pretendía en vano refugiarme en la tranquilidad de mi dormitorio. Porque siempre había un error, una frase fuera de lugar, un comentario o un silencio, que Gracia no olvidaba jamás de señalar con aire ausente, como si yo no hubiera sido el autor de la torpeza ni ella se hallara perennemente pendiente de mis tropiezos. A veces ni siquiera se tomaba la molestia de formular con palabras lo que sus ojos me espetaban con crudeza. En una de estas acusaciones oculares no me quedó más remedio que aprender la lección. En lo sucesivo debería andar algo más erguido, abstenerme de cruzar los dedos de la mano y renunciar a la totalidad de gestos

20

adquiridos en los años de retiro, si no quería dejar, a mi paso, algo tan inconveniente como una estela de perfume penetrante en el interior de un vetusto edificio de granito... Entre los dos, las cosas estaban quedando cada vez más claras.

Sin embargo, a pesar de que mi cariño hacia Gracia creciera por momentos y a ella se la viera feliz y entusiasmada con mi peculiar reeducación, existía una incómoda circunstancia que, desde el principio, enrarecía nuestra convivencia. No tenía un duro; la escueta legítima, de la que mi padre no me pudo privar, carecía de liquidez y no se me ocultaba que, tarde o temprano, tendría que conseguir un empleo y abandonar el mullido regazo de mi hermana. No sabía cómo abordar el problema y, aunque lo intenté repetidas veces, Gracia se las ingeniaba siempre para desviar la conversación, recordar de improviso urgentes e inaplazables obligaciones, o entregarse a una ardiente discusión con la cocinera, el chófer o el portero. Adiviné, no obstante, que acariciaba una idea o perseguía un nuevo plan. Durante unos días la vi trajinar con papeles y archivos, discutir con su administrador, confeccionar presupuestos e interesarse por la cotización de las monedas extranjeras. La tarde en que me preguntó: "¿Recuerdas algún otro idioma aparte del latín?" (y yo asentí) una sonrisa de triunfo borró, en un instante, el cansancio de su rostro.

Aquella noche cenamos en un restaurante íntimo. Hacía calor, pero, a sus ruegos, vestí un terno de terciopelo tostado. Ella, para complacerme, la más discreta de sus prendas: un traje verde salpicado de petunias rojas. Nos sentíamos exultantes y eufóricos y yo, desconocedor aún de los proyectos de mi hermana, un poco emocionado. Porque aquella noche Gracia se empeñó en regresar a nuestro lejano cuarto de juegos, a infantiles sueños de aventuras que nunca llegamos a realizar, a remotos veranos en los que —y ahora lo recordaba muy especialmente— parecíamos los amigos más unidos del mundo... "No. El tiempo no ha pasado", decía. "Todo tiene que seguir igual." Y, aunque yo no podía entender muy bien qué era lo que se proponía con aquellas palabras, rememoré una Gracia joven, radiante, de piel tersa. Una Gracia rebosante de vida y alegría, y, estúpidamente, temí alzar la mirada.

—Tú, entonces —continuó—, eras un muchacho casi tan guapo como ahora. Tenías las chicas a montones, ¿recuerdas?

Me encogí de hombros. La verdad, no conseguía acordarme. Pero creí adivinar que iba a presentarme a alguien o que, en cualquier momento, aparecería por la puerta el rostro insulso de una olvidada amiga de adolescencia. La escuché repetir una vez más: "Hazte a la idea de que el tiempo no ha pasado" y me sorprendí ordenando un coñac.

—Aquí te va a ser todo más difícil —dijo después de un silencio—. Piénsalo. Te mereces un respiro. Viajar, aclarar tus pensamientos...

Se detuvo como para tomar aliento y añadió:

—Por eso he decidido remediar en lo posible la imprevisión de nuestro padre. Mi ofrecimiento es el siguiente: te regalo un año.

Y bebió de un trago la copa que, aturdido, no había conseguido aún llevarme a los labios.

Gracia poseía el raro don de obsequiar sin ofender, de ocultar su generosidad bajo el disfraz de la extravagancia o el capricho, de restar importancia a la delicadeza con que, poco a poco, iba solucionando mis problemas sin esperar a que llegara a nombrarlos. La quise como nunca y, en aquel momento, la tierna jovencita que minutos antes evocara con añoranza se me apareció como un ser desprovisto de interés. La adoré a ella, a la mujer madura que me sonreía expectante desde el otro lado de la mesa, a esas manos surcadas de venas que, con un suave gesto, indicaban al camarero su necesidad compulsiva de beber, a aquel rostro marcado por prematuras arrugas y secretas decepciones. Sentí poderosos deseos de lanzarme a sus brazos. Pero nada hice. Mi hermana se empeñaba en mantener una actitud distante.

—¿Un año sabático? —dije al fin, e inmediatamente me abochornó la posibilidad de haberme precipitado.

—Llámalo como quieras —contestó con fingida indiferencia.

Y entonces ya no pude contenerme. Un inoportuno nudo me oprimía la garganta, los ojos se me humedecieron y me descubrí embargado de una curiosa sensación a la vez deliciosa y ridícula. Cuando le cogí las manos, mis labios sólo acertaron a balbucear:

—Para mí siempre será *tu* año... *El Año de Gracia...*

Mi hermana, por toda respuesta, extrajo de su bolso unas gafas de sol y me las tendió con insistencia.

3

Confieso que me hubiera gustado que Gracia acudiese a la estación la mañana del primero de septiembre en que abordé el expreso que debía conducirme a París. Hasta el último momento aguardé una aparición que no se produjo y que, en buena lógica, no tenía por qué esperar. Ahora, con la distancia, comprendo que su ausencia fue astuta y minuciosamente preparada. Gracia no quiso mostrarse con la fragilidad con que yo la deseaba ni convertirse en el andén en la diminuta figura que, con la mejor de sus sonrisas, despide al ser querido. Quizá por su odio visceral a todo lo que rezumara emoción o sentimiento. Tal vez, pienso también, porque su extraña intuición le hacía presentir que no volveríamos a vernos en el resto de la vida.

Pero, en aquellos momentos, ¿cómo podía quejarme de mi suerte? De los primeros meses de mi estancia en París conservo un recuerdo preciso e imborrable. Había conseguido un alojamiento decente, los cheques de Gracia llegaban con puntualidad y mi única preocupación cotidiana consistía en la dulce tarea de decidir cómo y en qué ocupar las veinticuatro horas del día. Mi disponibilidad era absoluta, y esa rara cualidad, unida al hecho de que nunca pretendí presentarme como el hombre mundano que no era, me procuró momentos y amistades inolvidables. Pronto me di cuenta de que mi inseguridad, parapetada tras un idioma ajeno, era recibida como cortesía, mi retraimiento como discreción. Sabía cómo gustar y me propuse sacar partido de unos conocimientos decididamente sorprendentes para todo aquel que ignorara mi pasado.

Había encontrado un café acogedor a pocas manzanas de mi buhardilla. Me gustaba el ambiente, los grupos de hombres y mujeres que lo frecuentaban, los retazos de conversación que llegaban hasta mi mesa y que yo fingía desoír. Acudía cada tarde a la misma hora e intentaba ocupar, siempre que me era posible, el mismo lugar junto a la ventana. Era un local de clientela fija y, al poco tiempo, me convertí yo también en un habitual. Un día fue el camarero quien, mirando por encima de mis hombros el libro que sostenía en las manos, me preguntó si yo era griego. Negué con la suficiente fuerza como para que se me oyera en las mesas vecinas. Al otro, dejé olvidado, como por descuido, *Las metamorfosis* de Ovidio en cuidada edición monolingüe junto a la taza de café. Cuando regresé, el volumen se hallaba en poder de una pareja de estudiantes. Tal como pretendía, corrió la voz. En pocos días dejé de ser el personaje silencioso de junto a la ventana para convertirme en "el joven apuesto que, extrañamente, sólo lee en latín y en griego". Mi carta de presentación había quedado encima de la mesa.

Liberado del trabajo de fingir, intenté sumergirme en la lectura como en otros tiempos hiciera en la soledad de mi celda. Pero no llegué a lograrlo plenamente... Todo lo que había calculado con notable fantasía se cumplía ahora con matemática precisión. Pronto los tímidos saludos con el grupo más cercano se transformaron en animadas y calurosas conversaciones. Hice amigos, me supe admirado y, mucho antes de lo que esperaba, arrinconé a Homero, Ovidio o Herodoto y empecé a vivir. Una de aquellas tardes conocí a Yasmine.

A Yasmine le debo casi tanto como a Gracia y, tal vez por esa razón, me comporté con ella como un discípulo fatuo y desagradecido. Yasmine me abrió su alma, me contagió una alegría desbordante, y a su lado disfruté los mejores días de mi recuperada juventud. Mi amiga ejercía una profesión que me pareció fascinante. Acudía a menudo al café con su inseparable Leika M-3, una carpeta llena de contactos y un bolso enorme del que, al menor descuido, surgían toda suerte de objetos peregrinos y extravagantes. Entonces yo apenas si sabía algo de mujeres y bolsos, y la irrupción de Yasmine en mi vida dejó sin efecto abstractos proyectos de viaje o novelescos sueños de aventuras. Nunca le pregunté por su edad ni, durante los primeros tiempos, me importó realmente saberlo. Yasmine era una mujer menuda y graciosa, enamorada de su trabajo, rebosante de dulzura. Chapurreaba seis o siete idiomas con curiosa destreza, la suficiente para moverse a su antojo en cualquier punto del globo, introducirse en lugares inexpugnables y conseguir, aparentemente sin esfuerzo, la instantánea precisa e irrepetible. Trabajaba para un importante rotativo de París y yo, casi sin proponérmelo, me encontré compartiendo su profesión, su alegría y su lecho.

Pero no supe gozar de caricias ni de entregas. Una sensación peligrosa y perturbadora amenazaba con señorearse de mí por segunda vez en poco tiempo. Besaba a Yasmine y por mi mente desfilaban todos los

28

besos que el mundo me ofrecía y que yo, con mi elección, desechaba. Amaba a Yasmine y me asaltaba el terror de que ella no fuera sólo mi primera gran pasión sino también la última. Los desplazamientos continuos a los que nos obligaba su trabajo empezaron a fatigarme. Estaba viviendo su vida, la vida de Yasmine, de forma muy parecida a como, meses antes, mi hermana Gracia encauzara con decisión la mía. Yasmine y Gracia... ¿Quiénes eran realmente? Poco a poco fui madurando una incómoda sospecha. Nuestro encuentro en el café no había sido casual ni mi despliegue de rarezas tan efectivo como ingenuamente había creído. Yasmine y Gracia se conocían, eran amigas o, algo peor, estaban conchavadas. Tales deducciones eran, por supuesto, inverosímiles, pero el alcohol, al que empecé a aficionarme por entonces, se encargó de dotarlas de una incuestionable evidencia. Yasmine, curiosa y avasalladora, nunca me preguntó por el origen de mi dinero, ni Gracia, en sus cartas, se había mostrado mínimamente interesada por los motivos de mi cambio de dirección o las condiciones del nuevo alojamiento. Las pistas no podían ser más frágiles, pero me servían para liberarme de los brazos de Yasmine sin excesivos autorreproches. En realidad me estaba convirtiendo en un ser soberbio y engreído. Atribuía mi buena suerte a mis cualidades personales, el amor de Yasmine a mi irresistible atractivo e, incluso, la generosidad de Gracia se me aparecía de pronto como un simple acto de reparación y justicia. En aquellos días de agitación —que ahora revivo con cierto bochorno— llegué a creerme rodeado de un aura a la que, en mi ingenuidad, atribuía virtudes protectoras.

Sin embargo, a pesar de que el gusanillo del cambio excitara mi espíritu, separarme de Yasmine no me resultaba fácil. Fui espaciando nuestros viajes, gocé de sus ausencias, me alegré con los reencuentros y la mortifiqué con una larga lista de amoríos que no iban a dejar rastro alguno en mi recuerdo. En Saint-Malo la abandoné definitivamente.

No sé si todos los soñadores de aventuras han sentido una fascinación parecida al pasearse bajo el débil sol de marzo por el muelle de Saint-Malo. Soplaba Poniente y los mástiles de los veleros se hallaban engarzados en una sinfonía inolvidable. Todas las lecturas de las que, en otros tiempos, fuera ávido devorador, se congregaron sin orden ni concierto en la memoria. Recordé a Morgan, al León de Damasco, a John Silver, a Nemo, a Gordon Pynn... y me descubrí con la ansiedad del pequeño

Jim del *Almirante Bembow* ante la inminencia de su primer viaje. Uno de los barcos fijó mi atención. Mediría unos doce metros de eslora, era probablemente el más antiguo y el menos valioso, pero había algo en el cuidado y lustre de mástiles y maderas que hablaba de una entrañable relación entre la nave y su dueño. Me entretuve en imaginar la secreta historia de aquella reliquia. Si entornaba los ojos, parpadeaba o me olvidaba de la aparatosidad de los yates vecinos, aquella sencilla embarcación adquiría el majestuoso aspecto de una nave pirata. Hacía muy poco que había sido pintada de un negro reluciente, y un hombre de cierta edad, suspendido de unas cuerdas y abrigado con una vistosa zamarra roja, daba las últimas pinceladas a la leyenda de proa. Me acerqué y leí: "Providence". Pero eso no fue lo único que hice. El aspecto del hombre me atraía, sus pobladas barbas me infundían confianza, y mi seguridad y arrogancia se encargaron del resto.

Ahorro los detalles de las primeras conversaciones con el capitán del "Providence" por considerarlos irrelevantes. Sólo precisaré que empleé mis argucias a fondo, eché mano de cuatro banalidades de efecto comprobado y acudí, como siempre, a mi infantil ostentación de conocimientos combinada con restos de timidez y una auténtica curiosidad por las características del barco y la utilidad de algunos aparejos. Al caer la tarde, olvidé a propósito mi cita con Yasmine e invité a una copa a mi nuevo amigo en el bar del muelle. Me enteré así de que zarpaba hacia Glasgow en un par de días, que se llamaba Jean, y que, en casi todos los puertos del mundo, sus amigos solían —y a él le gustaba— anteponer a su nombre la palabra "tío". Me ofrecí a ayudarle en los últimos preparativos y él aceptó con una alegría exagerada que hubiera hecho recapacitar al ser más temerario del mundo. Pero yo perseguía una invitación que no tardó en producirse y hacia ella encaminé todos mis esfuerzos. Aquella noche, de vuelta al hotel, me felicité por mi astucia, recogí el equipaje y dejé una nota a nombre de Yasmine informándole de mi partida. "Regreso a París", escribí. "Te llamaré dentro de unos días." El mensaje me pareció demasiado brusco y añadí: "Un abrazo". El hecho de mentir, sin embargo, no me produjo el menor malestar. Deseaba vivir, atender las llamadas que me lanzaba el mundo, recuperar a velocidad vertiginosa mis siete años de apacible retiro. Había llegado la hora de abandonar la vida de caricias y algodones, de hermanas y protectoras, y de hacerme a la mar... No quise mirar hacia atrás ni plantearme lo que dejaba o perdía. Era como si el verdadero *Año de Gracia* empezara en aquel mismo instante y, a la luz de todos mis sueños infantiles, me dispuse a emprender lo que se me presentaba como el primer episodio de una gran aventura. Después, en Glasgow, el mismo mundo o mi propia estrella se encargarían de ofrecerme nuevos horizontes...

Me mudé a una pensión económica cerca del embarcadero y, en los días inmediatos, ayudé a tío Jean en todo cuanto precisaba. En ningún momento presté atención a las llamadas del instinto, ni dediqué un solo minuto de aquellos azarosos días a considerar la sorprendente facilidad con la que había conseguido mis propósitos. ¿No me había ayudado Gracia de la forma que lo hizo sin darme tiempo a formular mis problemas? O mejor, ¿no había seducido a Yasmine con las mismas mañas? Pero el bregado capitán no se parecía en nada a la dulce Yasmine y, mientras yo me dedicaba con ahínco a sujetar cables, engrasar el motor y apuntar en un cuaderno denominaciones como "bauprés", "matalotaje" o "calabrote", adivino a tío Jean sonriendo para sus adentros y agradeciendo al Destino el haberse topado con tan insólito mirlo blanco. Un extranjero ingenuo, parlanchín, pagado de sí mismo y, por encima de todo, desconocedor de las más elementales nociones del arte de la navegación y de los caprichos de los mares.

4

Durante los primeros días a bordo del "Providence" tío Jean se mostró en todo momento como un capitán bondadoso, dispuesto a instruirme en los secretos de la vela y a pasar por alto mis inevitables errores de principiante. La paciencia con que atendía mis preguntas y la sonrisa comprensiva con que contemplaba de reojo todo cuanto escribía, o dibujaba en mi flamante diario de viaje, me halagaban. Yo, como respuesta, intentaba corresponderle con mi sincera admiración. Tío Jean se me aparecía como un personaje de ficción, un viejo lobo de mar que no necesitaba pronunciar palabra para convencerme de que su vida había sido azarosa y aventurera, un ser rebosante de humanidad y sabiduría.

En una de aquellas noches el capitán me mostró el retrato de una magnífica polinesia que había conocido en Pago-Pago y con la que había compartido los ardores de la juventud y la ira de Malbú, su rígido padre. De todas sus mujeres, Maliba era sin duda quien mayor huella había dejado en su recuerdo, y, aún ahora, a tantos años de distancia, solía preguntarse de vez en cuando, al calor de un vaso de ron, si no hubiese sido más razonable renunciar a su pasión por el mar y terminar sus días al abrigo de una modesta choza, entre las caricias de Maliba y los mimos de una docena de criaturas de piel tostada. Al irascible Malbú tampoco podía olvidarlo. Una sabia mezcla de hierbas prodigiosas que sólo florecen en Samoa, y la punta de una lanza de acero, templada al ardor de secretos conjuros, se encargaban de recordarle en los días de tormenta todo el odio del que sólo es capaz un polinesio ofendido en su honor. Me mostró la impresionante cicatriz que atravesaba su muslo izquierdo y me estremecí. El fuerte oleaje contribuyó a que mis manos dejaran de sostener un vaso, y una buena dosis de alcohol se derramara sobre el plácido rostro de Maliba. El capitán, para mi alivio, apenas se inmutó. Limpió la macilenta fotografía con un paño, dijo: "Un poco de ron le sentará bien a la muchacha", y, devolviendo Samoa a la privacidad de sus recuerdos, me introdujo enseguida en el fascinante bullicio de un Singapur, un Puerto Príncipe o un Dakar.

Pero si en el capitán todo era amabilidad y gentileza, no podría decir lo mismo de la actitud del marinero Naguib ante el menor de mis errores. Mi presencia a bordo parecía irritarle en lo más profundo, no se molestaba en contestar a mis preguntas, y, si alguna vez pretendí mostrarme obsequioso, rechazó mi buena voluntad con sonoros exabruptos o afectados silencios. Ya en Saint-Malo, horas antes de hacernos a la mar, noté en su mirada una incontenible animosidad hacia mi persona. Pero no le presté mayor atención y, aunque me hubiese gustado sonsacar a Naguib sobre su lugar de origen y escuchar de su boca leyendas de faraones, jeroglíficos y tumbas, enseguida comprendí que poco sabía sobre el tema o que, en todo caso, nada quería saber de mí. Cuando, en un árabe de manual, rematé mis frustrados intentos con lo que recordaba como una fórmula de cortesía *(Kaifa háluka, ya sayíd?)*, sus ojos arrojaron sobre mí un bochornoso desdén. "No se esfuerce", añadió. Y me volvió a la espalda.

Había aprendido a no inmiscuirme en la vida de los demás y terminé por ignorarlo, lo cual, en contra de las apariencias, no me resultó difícil. Naguib era un hombre silencioso y taciturno, y, a pesar de que el "Providence" no era el lugar idóneo para aislarse de nadie, conseguí, tras un pequeño esfuerzo mental, reducirlo a la misma categoría que una bitácora, un sextante o un bote salvavidas. Ignoro el papel que, a su vez, me había asignado el egipcio, pero me hallo en condiciones de afirmar que nunca fue tan benigno.

Pese a lo dicho, yo no podía dejar de comprender, en el fondo del corazón, la actitud de Naguib. No cabía la menor duda de que se trataba de un marinero excelente. Por las noches, cuando el "Providence" se hallaba bajo su mando, el capitán no mostraba la menor inquietud y empleaba su tiempo en dormir, charlar conmigo, o impartir nuevas lecciones que yo cuidaba bien de anotar y acompañar de croquis y dibujos. Naguib era un buen compañero, me decía. Posiblemente el mejor, decidí. Sólo así podía explicarme cómo un hombre de la calidad de tío Jean soliese compartir sus viajes con un ser tan poco locuaz y agradable. Su carácter, además, me servía para justificar mi presencia a bordo, algo que en tierra firme no me planteó la menor vacilación, pero que ahora, abandonado a las leyes del mar, empezaba a considerar absurda e innecesaria.

No me había revelado como una ayuda eficaz. Viví la primera jornada entre náuseas y mareos, y únicamente mi imparable afán por aprender me obligó a mantenerme en pie y ocultar a los demás la angustia que me dominaba. Fue mi bautizo de mar y así lo interpretó el capitán quien, por otra parte, se apresuró a aconsejarme que abandonara mi angosto camarote y me instalara cómodamente en la cabina. Era obvio que tío Jean no me había invitado por mi posible experiencia, sino por mi simple y grata compañía. Era evidente, también, que para Naguib, a quien le fastidiaba conversar, yo no fuera más que una rémora o un estorbo en su plácida vida. Sin embargo, un pequeño incidente —sobre cuya importancia, al principio no me supe pronunciar— me determinaría, muy pronto, a extremar la discreción y obrar con la máxima prudencia.

Las primeras jornadas transcurrieron de acuerdo con lo mencionado: la gentileza del capitán, el desdén del egipcio y mis intentos de adaptación, no siempre gloriosos, acarreadores de la sonrisa del primero y de la irritación del segundo. Habíamos abandonado Saint-Malo en la madrugada del 13 de marzo. Soplaba viento Noroeste y navegamos a vela, tal y como había prometido tío Jean. Al tercer día me despertó el ronroneo de un motor. Me hallaba solo en la cabina, la temperatura había descendido considerablemente y haraganeé un rato más en la litera antes de decidirme a ponerme en pie y abrigarme con todo lo que encontrara a mi alcance. Me hallaba recalentando el café cuando la puerta se abrió de improviso y una ráfaga de viento gélido apagó la llama del infiernillo. Al instante comprendí la razón del entumecimiento de mis huesos. Eché una rápida mirada a la puerta, comprobé que el pomo se había desprendido y me alegré. Siempre me he desenvuelto con cierta soltura en los trabajos de carpintería y aquel pequeño percance iba a procurarme la ocasión de sentirme útil durante toda la mañana. Salí de la cabina para estudiar las posibilidades. Entonces les oí.

—Cardiff —dijo Naguib.

—Glasgow —dijo tío Jean.

—Cardiff —repitió Naguib.

Una ráfaga de aire me golpeó con un segundo "Glasgow" especialmente enérgico. Alcé los ojos. Los dos hombres conversaban en cubierta y sus voces sonaban secas y crispadas.

—En Cardiff —dijo Naguib— existen trenes rápidos y confortables.

—Y en Glasgow —bramó el capitán— un magnífico astillero, además de algo mucho más importante para ti. ¿Necesitas que te lo recuerde?

—Está bien —vociferó el egipcio—. Llegaremos a Glasgow por mar, si ése es su deseo, capitán. Pero no admitiré una sola demora más.

Tío Jean, por toda respuesta, golpeó el aire con uno de sus puños.

No sabía aún si las palabras que acababa de oír tenían algo que ver conmigo y nada, en verdad, abonaba seriamente tal presunción. Así y todo busqué la caja de herramientas, salí de nuevo a cubierta y, con la probable idea de sugerir euforia y despreocupación, decidí entonar la única canción festiva que me vino a la memoria. El viento azotaba mi rostro y las primeras estrofas se perdieron entre el oleaje. A ellos, en cambio, sí podía oírles.

—Este no es un viaje de placer —decía el egipcio.

En aquel momento dejé caer la caja de herramientas. Una sierra, dos escuadras e infinidad de clavos de distintos tamaños rodaron en todas las direcciones. Algunos compartimentos no se habían abierto, los útiles traqueteaban en su interior y el estruendo era considerable. Tal como preveía, los hombres se interrumpieron. Volví a mis cantos, simulé efectuar un recuento y, como la cosa más natural del mundo, me puse a medir una bisagra. Al poco alcé los ojos: "¡Buenos días!", grité. Y luego, señalando la puerta: "¡En un par de horas estará lista!". El capitán me devolvió el saludo.

Yo hice ademán de no oírlo y seguí recogiendo los clavos del suelo. A Naguib no me atrevía a mirarlo. Pero lo adivinaba inmóvil en la misma posición de hacía apenas unos minutos, con los ojos inyectados en sangre, los músculos en tensión y sus últimas palabras —*viaje de placer*...— llenando el aire de un intolerable sarcasmo.

El resto de la mañana lo empleé en la reparación de la puerta, esforzándome en lograr un buen resultado y meditando lo ocurrido. La postura de Naguib ante el capitán no era la de un vulgar tripulante acostumbrado a recibir órdenes, ejecutarlas y cobrar un sueldo por todo ello. "No admitiré una demora más", había dicho, y, a juzgar por la seguridad de su tono, no era la primera vez que se expresaba con semejante altivez. Era un buen marino, de acuerdo. Me lo había repetido hasta la saciedad, pero cualesquiera que fueran sus excelencias se me antojaban irrisorias a la hora de valorar su comportamiento, aun concediendo que el significado de la palabra "demora" me alcanzara a mí y que yo constituyera el único obstáculo para que nuestro viaje se ajustara a su particular idea de "placer". Tampoco la escasa capacidad de respuesta de tío Jean me parecía razonable. Lo revivía golpeando el aire con el puño, apretando los dientes, ahogando una répli-

42

ca mordaz y contundente... Y había algo más. Cuando dejé caer a propósito la caja de herramientas, capitán y marinero, como he dicho, se detuvieron en seco. Una discusión tan acalorada como la que acababa de presenciar no se interrumpe ante tan insignificante incidente, a no ser que el autor de la torpeza sea el secreto motivo de la discusión o, por lo menos, alguien a quien no se quiere enterar de lo discutido. La mano alzada del capitán a modo de saludo y su impostada sonrisa me inclinaron hacia la segunda hipótesis. Era evidente que tío Jean simulaba ante mí.

La actividad manual a la que me hallaba entregado me permitía pensar con relativa tranquilidad. Demoré un poco la conclusión del trabajo, seguí cantando a voz en grito y me propuse actuar con prudencia. Eso era lo que iba a hacer: seguir ignorando a Naguib y demostrar hacia tío Jean una admiración sin reservas. Exactamente igual que hasta hacía unas horas, como si nadie hubiese discutido en el "Providence" o como si mis oídos no hubieran prestado atención a otra cosa que a mis propios cantos. Aunque, en realidad, ¿había ocurrido algo digno de alarma? La disyuntiva Cardiff-Glasgow no arrojaba ninguna luz sobre el objeto de mis abstractos temores. Pero sí, algo debía de haber ocurrido, porque, asombrado, me escuché cantar:

"In taberna quando sumus
non curamus quid sit humus
sed ad ludum properamus"...

Y mi voz se me antojó extraña y temblorosa.

La inopinada aparición de tío Jean me impidió abordar la segunda estrofa. Creo que palidecí, pero el capitán no dio muestras de haber reparado en mi sobresalto. Me felicitó por el trabajo, encendió el infiernillo y se sirvió una taza de café. Por decir algo —porque sabía que algo debía decir— le llamé la atención sobre el montón de papeles que, horas antes, el viento había desparramado por el suelo.

—No me ha dado tiempo a ordenarlo —dije.

—¡Qué más da! —masculló.

Su amabilidad seguía siendo proverbial. Vi cómo se inclinaba sujetándose la pierna dañada y recogía una carta de navegación.

—Cuidado —dije enseguida—, está usted pisando a la muchacha de Pago-Pago.

Me miró con sorpresa. Luego sus ojos se dirigieron lentamente al retrato macilento que acababa de estremecerse bajo uno de sus pies. Tras unos instantes de

44

duda su semblante se iluminó, lanzó un suspiro que se me antojó de alivio y se agachó de nuevo.

—Moriana —dijo—, Moriana... Esa chica no puede estarse quieta.

Y rompiendo a reír, escondió la fotografía entre las páginas de un libro.

Quise mostrarme tan parlanchín como de ordinario y dije aún:

—Hoy navegamos a motor, por lo que veo.

—Viento desfavorable —repuso. Pero no agregó precisión alguna.

"Adoro el mar", me había confesado en Saint-Malo. "Te adentraré en los secretos de la vela", prometió. "Los marinos somos como una gran familia, ya verás..." Pero nos dirigíamos a Glasgow a toda máquina, tío Jean parecía haber perdido el menor interés en instruirme y la bella Maliba, en sólo unas horas, se convertía inesperadamente en... *Moriana*. "Solemne embustero", pensé. Y comprendí que el fiero Malbú no había existido nunca.

5

En los días inmediatos seguí escribiendo con obstinación, aunque no recogiera ya las explicaciones del capitán, cada vez más parcas, y mi curiosidad por todo lo relativo al mar hubiera decrecido notoriamente. Sin embargo, me guardé muy bien de anotar mis sospechas. No creo que Naguib supiera leer ni que tío Jean tuviera una mínima noción de mi idioma. Pero el raro ambiente que se respiraba en el "Providence" me aconsejaba obrar con la máxima cautela. Ahora mis compañeros de viaje no se molestaban en ocultarme conversaciones y disputas... Me sentía de mal en peor y, convencido de que no debía dejar traslucir mis inquietudes, decidí mantenerme al margen de sus problemas, abrillantar cacerolas y pucheros con la dedicación de un profesional y no reparar en nada que no concerniera directamente a mi persona.

Al mismo tiempo, y a falta de enseñanzas que consignar, me entregué a una copiosa actividad epistolar de la que no esperaba correspondencia, ni siquiera acuse de recibo. Creo que llegué a enamorarme sinceramente de Yasmine, y así se lo comuniqué en una de las numerosas cartas con las que intentaba ocupar mi mente y evadirme de la hosca realidad. La certeza de que, cuando todo hubiera concluido, yo sería el primero en avergonzarme —en reírme, quizá— de tan extemporáneas manifestaciones de cariño, me infundía ánimos. El mundo no acababa en el "Providence" y aquel viaje, que se me estaba antojando eterno, tendría forzosamente que tocar a su fin. Entonces yo lo recordaría como un breve paréntesis en mi vida o, mejor —y deseaba convencerme con todas mis fuerzas—, como un simple despliegue de creatividad paranoica... Sin embargo, cuando no se me ocurría una línea más que escribir y en el interior de la cocina no quedaba un solo objeto que lavar o abrillantar, mi momentánea euforia dejaba paso a una descorazonadora sensación de abatimiento. De nada me servía aturdirme con fantasías o recuerdos. La estrecha convivencia con aquellos hombres se me estaba haciendo insufrible, y no me parecía descabellado augurar que ellos, hartos de palabrerías y discusiones, terminarían por volcar sobre mí su irritación y su cansancio. La posibilidad de convertirme, de la noche a la mañana, en cabeza de turco de oscuras diferencias acababa, entonces, con los restos de mi antiguo aplomo. _seriousness_

No. Ya no podía engañarme con apasionadas cartas de amor, o extasiarme en la contemplación de un mar que ahora detestaba. Aquellos dos extraños no paraban de hablar, de _conminarse_ mutuamente a permanecer tranquilos y relajados, de barajar _cifras_ exorbitantes junto a un talonario que ostentaba el _membrete_ del *National* _heading_ *Bank* y que adquiría de pronto un protagonismo absoluto e indiscutible. Allí, en el centro de la mesa, tenía que estar el motivo y el fin de sus desavenencias y discordias. No me detuve a meditar si me hallaba ante una pareja de vulgares contrabandistas o si el adusto marinero había descubierto, en esta travesía, un tenebroso secreto —en el pasado del capitán o en las profundidades de la bodega— que despertara escandalosamente su _codicia_. Sabía que Naguib intentaba vender su silencio, cobrarse una parte de quién sabe qué sucio negocio y _acorralar_ a un tío Jean cada vez más excitado e imprevisible. Pero sabía también que, por la cuenta que me traía, yo debía seguir simulando despreocupación e indiferencia. Naguib, en verdad, me ponía difícil el trabajo. Ahora acababa de levantarse y dirigía al aire una pregunta que sólo admitía una respuesta.

—Entonces, ¿todo claro?

—En Glasgow —advirtió tío Jean.

—No, capitán —y en aquel *capitán* me pareció percibir una leve ironía—. Tiene que ser ahora mismo.

Ante mi sorpresa, tío Jean estampó su firma en un talón y se lo entregó al egipcio.

Bien. Afuera soplaba un viento endiablado y a nadie, ni al ser más predispuesto del mundo, lograría convencer de una súbita necesidad de respirar aire puro. Opté, pues, por permanecer sentado en torno a la mesa, encender un cigarrillo de Naguib sin molestarme en recabar su permiso, y aguardar a que alguien, que no fuera yo, se decidiera a romper el ominoso silencio que había caído como el plomo en el interior de la cabina. Una caja de fósforos, con la que me empeñaba en entrener mi nerviosismo, me proporcionó la excusa inmediata para desaparecer de su vista. Me agaché, recogí una a una las cerillas desperdigadas por el suelo, rodeé la pierna del capitán, pero no pude evitar detenerme en el extremo de la cicatriz que asomaba por el orillo de su pantalón. Había cobrado un aspecto violáceo y purulento, una apariencia repulsiva y amenazante... Sin pensarlo dos veces me puse en pie. Fue entonces cuando me sentí taladrado por la fiera mirada de Naguib, y los ojos vidriosos del capitán, en los que busqué desesperado refugio, no hicieron más que confirmarme lo que, hacía apenas unos segundos, acababa de comprender con una claridad insultante. Aquel par de bandidos no había hecho otra cosa que repartirse un botín. Una presa que se hallaba estúpidamente en pie, con la caja de cerillas agitándose en una de sus manos, y empezaba a conocer, por primera vez en su vida, las dimensiones de la palabra miedo.

Sin embargo, no podría afirmar que la sangre se me detuvo en las venas, y que eso fue lo único que me ocurrió durante el largo rato que permanecí inmóvil, soportando la crueldad de la evidencia. Al terror repentino, que había paralizado mis miembros, sucedió enseguida la más nefasta de las sensaciones. Ahora no sólo me sabía un perfecto imbécil a los ojos del capitán, sino, sobre todo, a los míos propios. A pesar de que el viento siguiera soplando con demoníaca furia, salí a cubierta. Las cosas habían llegado demasiado lejos para que me molestara en guardar apariencias. Mi cabeza, con todo, no dejaba de ofrecerme infantiles recursos que, esta vez, no me hallaba dispuesto a considerar. De nada servi-

51

ría, ahora que Naguib había recibido su parte y tío Jean se había percatado de mi angustia, intentar convencerles de la triste realidad... No. Aquel extraño muchacho, entre engreído e inocente, que conocieran un día en Saint-Malo, no era un millonario ocioso. La exquisita educación con que había pretendido deslumbrarles, procedía de las cuatro paredes de un vetusto seminario, y sólo a la generosidad, o a los caprichos del Destino, debía su patente despreocupación por un dinero al que había accedido sin esfuerzo o merecimiento alguno... "Demasiado tarde", me dije. E imaginé a Gracia vendiendo propiedades, discutiendo de nuevo con su administrador y maldiciendo ostentosamente a su único hermano a quien, en un día aciago, había tenido la infeliz ocurrencia de regalarle un año.

La noche del 18 de marzo se desencadenó una fuerte tempestad que puso a dura prueba los obsoletos aparejos del "Providence" y que yo acogí como una verdadera bendición. No sabía si deseaba o temía llegar a tierra ni cuánto tardaría tío Jean en arrancarme a puñetazos las informaciones necesarias para exigir mi rescate. Pero los astilleros de Glasgow se revelaban ahora como un destino mucho más urgente de lo que ellos mismos habían previsto y, capitán y marinero, entregados en cuerpo y alma a su trabajo, me concedían otra vez el impagable favor de hacer caso omiso de mi presencia. Resolví mantenerme a la escucha de la radio, permanecer ajeno a su constante trasiego y recobrar la serenidad en furtivos tragos de un ron añejo que, en mi insensatez, se me aparecía como el único amigo en el que podía confiar aún.

En un momento el capitán se desprendió de su chillona zamarra roja y vistió un chaleco salvavidas. Yo le imité. Al rato Naguib hizo lo propio. Pero antes tomó buen cuidado en reunir sus enseres —tabaco, mechas, unas cuantas monedas...— en un pañuelo y suspender el hatillo de un clavo del techo. El bulto se le cayó tres veces al suelo... No me inmuté. Me hallaba demasiado pendiente de mi propio equilibrio para preocuparme del de los demás, pero, así y todo, no podía dejar de constatar el cambio espectacular que se había operado en mis compañeros de viaje. A Naguib se le veía nervioso y azarado. Obedecía las órdenes de tío Jean con una mezcla de premura y recelo, y su aspecto no recordaba en nada al marinero arrogante y bravucón de hacía unas horas. Cuando el capitán le envió a proa a comprobar el cierre de las escotillas, respiré aliviado. Su nerviosismo amenazaba con hacerse contagioso.

Tío Jean, en cambio, había recobrado el aplomo y la autoridad de los primeros días. Se diría que se movía a gusto en la adversidad, que la altura de las olas y la insólita fuerza del viento le crecían, que había estado aguardando un contratiempo semejante para demostrarnos a los dos todo de lo que era capaz un viejo lobo de mar... Ahora, sujeto al timón, se deshacía en explicaciones que no me hallaba en condiciones de atender. Decía: "¡Maldita tempestad!", pero yo notaba un brillo de triunfo en su mirada. O bien: "Capearemos el temporal como podamos y mañana, Dios mediante, entraremos en puerto ...". Y yo asentía. Con los ojos enrojecidos por el alcohol, asentía. Porque no podía hacer otra cosa que asentir, luchar denodadamente por mantenerme en pie y esperar la ocasión propicia para regalarme con nuevas dosis de alegría y optimismo. Ahora sí podía afirmar, sin ironía alguna, que los tres nos hallábamos en la misma nave. Glasgow se erigía en el destino prioritario del viaje, y yo, de silencioso protagonista de una desdichada historia, pasaba a convertirme en discreto actor de reparto. Y, sin embargo, tío Jean seguía simulando ante mí.

54

Como si necesitara todavía de mi aquiescencia, de la ingenuidad que me había llevado a embarcarme en aquella chatarra, de la aversión que, desde el primer momento, me provocara la aspereza de Naguib... Aunque ¿quedaba algo de la altanería y brusquedad del marinero?

Nunca llegaría a averiguarlo. El capitán, que muy confiado debía de hallarse ante su estrella —o, tal vez, no se había hecho una idea exacta de mi lamentable estado—, me ordenó súbitamente encargarme del gobierno de la nave... Fue tanta mi sorpresa que no acerté a protestar, y me encontré agarrado al timón haciendo un esfuerzo sobrehumano para no desvanecerme. Tampoco me dio tiempo a preguntar por qué no aguardaba al marinero para semejante labor o por qué salía a cubierta con una extraña decisión impresa en el rostro. "Sólo unos minutos", había dicho. Pero los minutos se convirtieron en una eternidad y cuando, al límite de mi resistencia, esperaba a que uno de los hombres acudiera en mi relevo, la voz cada vez más lejana de la emisora dejó paso a un grito desesperado y agónico... En aquel momento me sentí rematadamente lúcido y, entre fatalista y resignado, comprendí que el telón acababa de caer sobre la farsa. *farce*

Al rato apareció tío Jean. Jadeaba como

un viejo galgo y sus intentos por fingir una profunda consternación se me antojaron innecesarios y grotescos. Cuando, gustosamente, le cedí el lugar junto al timón, evité detenerme en su rostro desencajado. Su sola presencia, ahora, me provocaba náuseas.

—Un desgraciado accidente —dijo.

Pero no me interesaban los detalles. Escuchar, por ejemplo, cómo una mal sujeta botavara había abatido al intrépido marinero. Tal vez la resbaladiza cubierta. Acaso el indudable nerviosismo del egipcio... Bajé a la cabina y me derrumbé sobre la litera. Pensé que el vaivén al que se había entregado el "Providence" no era más que el reflejo de mi propia angustia, pero, a pesar de todo, insensatamente, volví a beber. Esta vez a la salud del difunto, a la desaforada codicia que le había llevado a sobreestimar sus propias fuerzas, a la paz de la que por fin iba a disfrutar, por los siglos de los siglos, en el fondo del océano. Una violenta sacudida terminó con mis ensoñaciones. Al incorporarme vi la zamarra del capitán en el suelo y me pareció más roja que nunca.

—Deja de haraganear y muévete —oí.

No, al capitán no se le podía salir con exigencias o extorsiones. Ni yo valía tanto como pretendía el marinero, ni tío Jean

56

tuvo en algún momento la remota intención de desprenderse de una considerable cantidad de dinero que, tal vez, no podría recuperar jamás. Pero la tempestad, que tan oportunamente se había prestado al feliz desenlace de un acto criminal, no parecía dispuesta a amainar, sino todo lo contrario... Y pronto, mientras me debatía por mantenerme erguido y hasta mis oídos llegaba una retahila de maldiciones e injurias, comprendí que, con la desaparición del marinero, mi colaboración se estaba convirtiendo en preciosa e imprescindible. De momento se trataba únicamente de conducir el "Providence" a buen puerto. Y el capitán precisaba de mí. Paradójicamente, para llevar a término mi propio secuestro, el capitán precisaba de mí. O quizás yo no era más que un valioso testigo de la tempestad, de los desperfectos de la nave, del nerviosismo de Naguib... Un joven a quien, al besar tierra, se le podría embaucar de nuevo con increíbles y fascinantes historias... Con gran esfuerzo, ascendí los escalones que me separaban del puente y miré al capitán. Lo sentí irritado, auténticamente irritado.

—¡Imbécil! —bramó—. ¡Despierta!

Y entonces quise hablar, preguntar por la razón de su repentina expresión de alarma, ofrecerme para todo cuanto pudiera necesitar. Pero mis labios se limitaron a pronunciar: "Moriana"... Y, acto seguido, sabiéndome el más ebrio de los ebrios del mundo, me puse a reír con todas mis fuerzas.

Después, todo se precipitó. El capitán me abofeteó repetidas veces, me conminó a que ejecutara sus órdenes so pena de someterme a los más duros castigos, me habló de una "vía de agua", de "salvar el pellejo"... de tantas otras cosas que se confundían entre sí y que hasta mis oídos llegaban como un mareante zumbido... Pero ya nada podía afectarme. Pronto sus zarandeos se hicieron imperceptibles, su rostro fue adquiriendo los rasgos de Yasmine, su voz se volvió dulce, melancólica... Sabía que tenía que hacer un supremo esfuerzo y ponerme en pie. Pero el amigo-ron, en el que tanto había confiado, se estaba cobrando un alto precio. Ahora la cabeza me daba vueltas, sentía unas angustiosas punzadas a la altura del estómago, y tío Jean ya no era tío Jean, ni siquiera Yasmine, sino una multitud de figuras superpuestas, deformes, que no dejaban de gesticular, de avanzar hacia mí adquiriendo dimensiones impensables y monstruosas... Intenté convencerme de que aquello no era más que una pesadilla de la que debía despertar. Pero sentía sueño, un sueño demasiado poderoso para que pudiera resistirme. En cambio, si me dejaba llevar, si me abandonaba, tal vez podría terminar con aquel agobiante remolino de colores y llegar a creerme en la soledad de mi celda. Los primeros rayos de sol asomado por las rendijas de la ventana, mis queridos libros en perfecto orden encima del escritorio, olor a café y a pan tostado... Conocía de sobras esa sensación. El cuerpo, aún frío, reconfortándose junto al hogar de la biblioteca, paseos por el claustro, conversaciones con los compañeros, un día tras otro, las aves nocturnas aleteando contra el cristal de la ventana... Pero notaba una angustiosa opresión en el pecho, los párpados pesados como dos losas, las pestañas trenzadas entre sí... Había estado enfermo, muy enfermo. Alguien aporreaba la puerta de mi celda y yo tenía que abrir. Afuera, inquietos por mi silencio, aguardaban el rector, el jardinero, el hermano portero... Sí. Alguien aporreaba la puerta. Iban a derribarla, a destruirla... y enseguida, otra vez, la vida plácida y tranquila de todos los días.

Pero de repente sentí los pulmones rebosantes de agua, supe que debía despertar o morir, abrí los ojos y no tuve más remedio que comprender que no me hallaba en el Seminario ni había sido víctima de la fiebre.

Aquella mañana, cuya fecha no puedo precisar, me despedí para siempre de una vehemente juventud tan desaprovechada como efímera.

II

6

Tal vez, porque siempre había contemplado la muerte como una abstracción, o un trance ajeno y lejano, el hallazgo de sentirme con vida me sumió en la más profunda y aterradora desesperación.

Desperté rodeado de una débil claridad, aterido de frío, sangrando, con el cuerpo empapado y el cabello recubierto de guijarros y arena húmeda. Intenté recordar la fórmula, el mecanismo habitual para que mi cerebro emitiera una orden y las rodillas se doblegasen, obligaran al resto de mi cuerpo a erguirse, a aspirar el aire gélido, a devolver la circulación a mis venas, el calor a las manos sin vida. El empuje de una ola, estrellándome contra una roca, decidió por mí. No tuve más remedio que asirme de un saliente, hacer acopio de mis escasas energías y ponerme en pie.

La niebla me impedía ver más allá de unos pocos metros, pero pude percatarme, con cierta precisión, del lugar en que me hallaba. No era una playa, sino el simple llano del rompiente al que las mareas, en su retroceso, habían dejado el espacio suficiente para que, por designios de la Fortuna, yo pudiese algún día narrar esta historia. Alcé los ojos hacia lo que en un principio creí una roca y me encontré en la base de un soberbio acantilado. No alcancé a ver su fin, tales eran las brumas que me rodeaban, pero sí a comprender lo perentorio de mi situación y la apremiante necesidad de ponerme en movimiento. Avancé algunos pasos junto a la escarpa lo suficientemente exhausto como para no alarmarme ante mi propio estado. Las piernas me flaqueaban, los jirones del chaleco dejaban entrever un pecho sangrante, y la arena se introducía por las heridas, por los brazos descarnados, por las desolladas junturas de los dedos. Al poco me detuve. Acababa de reparar en unos ruidos sordos y contundentes, como si alguien golpeara con brutalidad a una puerta, accionara un arcaico batán o intentara, en el límite de la desesperación, pedir auxilio. La posibilidad de encontrarme de nuevo con mis detestables compañeros de viaje, en tan inesperadas circunstancias, borró al momento el odio acumulado y me hizo correr hacia el lugar de donde provenía el sonido. Pero rodeé un peñasco, resbalé sobre un montón de rocalla, me incorporé haciendo uso de sabe Dios qué fuerzas, y me encontré, sin emoción, ante los restos del "Providence".

Parte de la quilla se hallaba empotrada en un socavón del muro, semiinclinada a consecuencia de la bajamar y golpeando, a intervalos cada vez más espaciados, las paredes de la cueva. Del resto de la embarcación no quedaba ni el recuerdo. Parecía arrancada de cuajo, sesgada con tanta limpieza como si siempre hubiera ofrecido el mismo aspecto o se tratase, quizá, del juguete roto de un cíclope cansado de perder su tiempo en miniaturas. La sensación de inmensidad me rodeaba. Quise gritar, pedir auxilio, pero, o la garganta se negó a emitir sonido alguno, o los oídos se revelaron incapaces de reconocer mis propias llamadas de socorro. Entonces comprendí que el choque de la nave contra las paredes de la gruta debería, en buena lógica, levantar un considerable estruendo... Golpeé el casco del "Providence" con los puños y hasta mí llegó la burla de unas palmaditas sordas, lejanas y broncas.

La situación, cada vez más angustiosa, no permitía dudas ni lamentos. Dominado por un instinto desconocido, me encaramé a la cubierta del "Providence". No sé cuántas veces debí repetir la operación, ni cuántos fueron los desgarrones con que las grietas y resquebrajaduras del casco intentaron disuadirme. Tampoco puedo recordar con aproximación las horas empleadas en hacerme con sogas y cables, en forzar un cofre o en introducirme en la parte de la cabina salvada del naufragio. Sabía que el tiempo corría en mi contra, que pronto el oleaje volvería a azotar los restos de la nave, que mi salvación, en fin, dependía de la rapidez con que lograra escalar la escarpa, resguardarme del frío y resistir, herido y agotado, hasta que alguien registrara mis llamadas de auxilio. Comprobé que el agua había anegado sólo parcialmente el interior de mi antiguo camarote y que los enseres del egipcio, reunidos en un hatillo y suspendidos del techo, se hallaban intactos. Hice acopio de mantas y herramientas y, junto al hatillo de Naguib, las encerré en una sábana y me até el bulto a la espalda. La niebla seguía entorpeciendo mis maniobras, pero ahora podía ver con claridad la cumbre del acantilado, sus prominencias y hendiduras, y algo semejante a un antiguo camino de cabras que se me ofrecía a mi izquierda como el único acceso posible.

La idea de que una tranquila aldea me aguardaba en lo alto, me dio arrestos suficientes para emprender la escalada. Las sogas y los cables me resultaron de gran utilidad: apuntalé unas y otros en diversos salientes de la escarpa, vendé mis manos descarnadas con jirones del chaleco e inicié el ascenso. La altura, por fortuna, era menor de lo que al principio temiera y, aunque la principal dificultad estribó en esquivar las continuas avalanchas de rocalla y en protegerme de las bandadas de voraces gaviotas, pude al fin situarme en la cima, descargarme del peso y escudriñar, hasta donde las brumas me permitieron, la vasta llanura que se ofrecía ante mis ojos.

Pero no besé tierra al estilo de los viejos relatos de aventuras ni encontré motivo suficiente para ponerme a brincar de júbilo, caer de rodillas y dar gracias a los cielos por el milagro de mi salvación. Me hallaba ante el paraje más desolador que hubiese podido entrever en las peores pesadillas. Una extensión de arena rocosa, sin una brizna de hierba, sin el menor vestigio de vegetación. Un desierto de piedra en el que, por más que me esforcé en aguzar la vista, no se dintinguía la silueta de vivienda alguna entre la niebla, ni nada que pudiera presagiar la cercanía de una población.

El inesperado instinto del que antes hablé me hizo postergar preguntas, aplazar mi desespero y ponerme de nuevo en acción. Descubrí que, a pocos pasos de donde me hallaba, el acantilado presentaba una pequeña gruta de capacidad suficiente para cobijarme. Instalé mis enseres en su interior, vacié el hatillo, envolví mi cabeza en el pañuelo y volví a deslizarme por la maraña de sogas y cables hasta los restos de la nave. Tal vez mi acción pueda ser considerada por muchos una temeridad, pero los acontecimientos inmediatos y la rara energía que dominaba mis miembros les convencerán, espero, de que obré de la forma más lógica posible.

La idea de *resistencia* se había apoderado de mi cerebro. Ignoraba el momento en que mis heridas y la debilidad de mi estado me conducirían a la inmovilidad, pero lo sentía próximo. No podía permitirme el lujo de derrumbarme. Me até una de las cuerdas a la cintura, seguí deslizándome por el peñasco y, ya en el "Providence", me apropié de todos los objetos que me sentí capaz de desplazar. Cargué sobre mi espalda un nuevo hatillo con algunas botellas de ron, ginebra, un par de latas, una bolsa de azúcar chorreante, algodón y ciertos objetos que en aquellos momentos me parecieron imprescindibles y a los que luego no hallé utilidad alguna. Antes de abandonar la nave, y cuando ya el casco empezaba a balancearse ante la subida de la marea, cubrí mi chaleco hecho harapos con la zamarra roja del capitán. Al hallarme de nuevo en lo alto, me pareció escuchar por segunda vez el sonido bronco de un batán. Pero no me molesté en mirar hacia abajo.

La cueva, de reducidas dimensiones, hizo las veces de acogedora posada para el peregrino exhausto. Cubrí la entrada con una de las mantas que había acarreado en mi primer ascenso, extendí la otra sobre la superficie punzante, tomé asiento, encendí una linterna y efectúe el recuento de mis pertenencias. La ginebra, sorbida a tragos, me mostró los aspectos positivos de mi situación. Me hallaba con vida, disponía de algunos alimentos, una sábana con que vendar mis heridas, alcohol con que cicatrizarlas, la mecha y los cigarrillos de Naguib, la zamarra de tío Jean... Prendí fuego a un rollo de algodón empapado de ron, coloqué la linterna, en posición intermitente, en el exterior de la cueva, de forma que pudiese ser avistada desde el mar y desde la tierra, volví a introducirme en mi cobijo y, al calor de la efímera hoguera, me entregué a un dulce sueño. "Mañana", pensé, "todo habrá concluido". Y, por más que ahora me pueda parecer increíble, lo cierto es que dormí con la profundidad y despreocupación de un niño.

7

Pero ¿dónde me hallaba en realidad? A la mañana siguiente, ante la ausencia de cualquier indicio amable o esperanzador, inicié una voluntariosa búsqueda del capitán. La eventualidad de que se encontrara resguardado en otra gruta, a poca distancia de los deshechos de su nave, tan perdido y estupefacto como yo mismo, me llevó a malgastar un tiempo precioso y a olvidarme, durante toda una jornada, de mi lamentable estado. Por la noche, sin embargo, el cansancio y el dolor me enfrentaron a lo absurdo de mi empeño. De tío Jean no quedaba el menor rastro, yo era el único ser humano en merodear por los alrededores del "Providence", y lo más sensato sería convencerme, cuanto antes, de que había sido abandonado en un barco a la deriva y, en lo sucesivo, debería contar únicamente con mis propias fuerzas. Resolví, así, dar por definitivamente salvado o desaparecido al capitán y emplear las próximas jornadas en mi solo provecho: efectuar nuevas incursiones en la nave, astillar la madera más liviana y proveerme de cuanto encontrara a mi alcance.

Pronto comprendí que la salvación no iba a llegarme por el camino de las aguas. La luz de la linterna empezaba a agonizar, la densa niebla seguía señoreándose de la costa, y no podía ignorar que, si a algún buque se le ocurría navegar por las cercanías, de poco iba a servirme, puesto que apenas oía y la aspereza de mi garganta me impedía lanzar llamada o grito alguno. El cuerpo, abandonado a sus heridas, se me revelaba ahora como una carga excesiva. Mi mente, en cambio, funcionaba a un ritmo acelerado y sorprendente. No me asustaba la soledad. Durante años había convivido con ella en perfecta armonía. Pero me aterraba la prontitud con que se agotaban las provisiones, la negativa de mis piernas renqueantes a acatar mis órdenes, la ignorancia total del lugar al que me había conducido el Destino. A ratos, mientras inspeccionaba el terreno sin alejarme demasiado de la cueva, me tranquilizaba con reposados argumentos. No sabía dónde me hallaba, era cierto. Escocia, tal vez Irlanda... Pero en la segunda mitad del siglo veinte, en Europa, no quedaba espacio para tierras ignotas, islas misteriosas o anacrónicas aventuras robinsonianas. Vendrían a por mí, estaba seguro, o, de lo contrario, yo llegaría hasta ellos.

El constante zumbido al que se hallaban sometidos mis oídos era el peor de los males con que me tenía que enfrentar. La orientación y el equilibrio se habían resentido de forma notoria. El olfato, al contrario, empezó por aquellas fechas a adquirir una precisión inaudita. Aprendí a percibir el olor de las piedras, de los vientos, de las brumas asentadas tercamente en aquellas tierras. Sabía —y mis oídos no me ofrecían apoyo alguno— la distancia exacta a la que se hallaban las bandadas de gaviotas, temía su proximidad, y, cuando las sentía demasiado cerca, me resguardaba en mi gruta. Pero, curiosamente, al regreso de mis cautelosas expediciones diurnas, no me orientaba por el olor, sino por todo lo contrario: su ausencia. Había notado que mis enseres, reunidos en el refugio, no significaban nada para mi olfato de sabueso, a no ser un momentáneo descanso en su labor continua y agobiante. Más de una vez, cuando ya la oscuridad se cernía sobre mis pasos y la débil luz de la linterna no hacía sino confundirme, cerraba los ojos, me deslizaba por entre las rocas como un animal acechante y ahí donde mi portentoso sentido debía esforzarse, yo entonces me sabía a salvo. A pocos pasos encontraba mi guarida, restos de la hoguera de la noche anterior y todo cuanto había podido rescatar del "Providence".

Animado por esta rara facultad, fui paulatinamente ampliando mis incursiones, tomando buen cuidado de no hacerlo jamás sin un hatillo y una petaca de alcohol por si las inclemencias del tiempo me obligaban a postergar mi regreso. En uno de esos trabajos de reconocimiento encontré un manantial. Era un agua terrosa, de fuerte componente mineral, de extraño sabor y peor apariencia. Pero yo bebí con la exageración y alegría de quien ha estado racionando sus existencias hasta el límite de lo soportable, lavé mis heridas y liberé mis cabellos de la masa arenosa de la que había llegado a creer que no iba poder desembarazarme nunca. Concluido mi aseo, me sentí renacido y vigoroso, e, ignoro por qué, me vino entonces a la mente la imagen de un guerrero espartano embelleciéndose y acicalándose para la batalla... Fue una solemne tontería, pero también un buen presagio. Porque la expedición de aquel día estuvo coronada de éxitos.

A cierta distancia de donde me hallaba divisé un montículo de tierra. Su altura no llegaría a los diez metros, pero su presencia, en el paraje desolado, me causó el efecto de una gran montaña. Trepé por la ladera ahogando una creciente emoción y, ya en la cumbre, intenté aguzar la vista. Al principio no descubrí nada digno de mención: el terreno presentaba algunas prominencias semejantes a la que me hallaba encaramado, sin apariencia alguna de vida o vegetación. Me senté en una piedra para recuperar aliento y eché mano de uno de los cigarrillos de Naguib. Solía hacerlo cuando las expectativas de salvación amenazaban con derrumbarse, cuando el silencio o la soledad se me hacían insufribles, al disponerme a dormir, o después de una fatigosa jornada de búsquedas y fracasos. Nunca hasta entonces había conocido la compañía que podía brindar una simple porción de hojas machacadas. Por eso racionaba las existencias, guardaba las colillas y, si me hallaba en mi guarida, utilizaba el recurso carcelario de la botella que devuelve el placer del cigarrillo extinguido. Esta vez, sin embargo, no llegué a disfrutar del aroma y del sabor como acostumbraba, ni recuerdo haber tomado la precaución de guardar los restos en el hatillo. Hasta entonces, cegado por la esperanza de un descubrimiento, había mantenido la mirada hacia el frente, escrutando el árido panorama con la paciencia de un explorador, intentando atravesar los vapores de la niebla y no dejarme seducir por artimañas de la imaginación o espejismos del deseo. Pero poco había en lo que reparar y, abatido, bajé la vista. Mis ojos recorrieron los desgarrones del pantalón, el hule agrietado de las botas, los pedruscos que mi presencia en el cerro había desplazado, y se toparon de pronto con algo similar a una rudimentaria chimenea.

Me deslicé a toda velocidad por la falda del monte, y la alegría, esa veleidosa pasión que tan pronto me dominaba como me abandonaba, volvió a adueñarse de mis sentidos.

Me hallaba frente a una especie de majada, prácticamente adherida al cerro, de unos diez metros de ancho por cinco de largo, provista de un antiguo y semiderruido hogar, y una tabla que bien pudo formar, en otros tiempos, parte de una tosca mesa. No había puerta, aunque dos maderos cruzados, hinchados por la humedad, recordaban su antigua existencia. La pieza se hallaba dividida por un rústico muro de un metro de alzada: uno de los lados, el de mayor amplitud, aparecía completamente desnudo; el otro, el exiguo, contaba con la campana de la chimenea, los restos de la mesa que antes mencioné, un puchero y un par de cuencos de bronce. La orientación de aquel maravilloso habitáculo me pareció óptima. En el interior, a pesar de carecer propiamente de puerta, me hallaba al abrigo del frío. Un reconfortante calorcillo se desprendía de los muros de piedra, ennegrecidos por el humo de quién sabe cuántas hogueras, asados o curtidos. Ocioso resultaría explicar que, de inmediato, decidí convertir la cabaña en mi nuevo campamento, pero los motivos de la indominable euforia que me asaltó apenas si tenían que ver con las comodidades que la inesperada vivienda me ofrecía. Había sido abandonada hacía ya tiempo y el estado de los escasos enseres indicaba con claridad que nadie, en los últimos años, había hecho uso de tan oportuno cobijo. Sin embargo, la evidencia de que aquella construcción *había sido habitada* corroboraba algo que, con demasiada frecuencia, empezaba a poner en duda. Había escogido el mejor, quizás el único camino.

Aposté el hatillo junto a la chimenea en un acto para mí lleno de significado y, después de haber tomado posesión de la majada, me dispuse a deshacer lo andado, regresar a la gruta e idear el medio menos fatigoso para desplazar, al día siguiente, la totalidad de las provisiones y los objetos de mayor utilidad. Faltaban aún algunas horas para que oscureciese y, convencido de que la suerte aparece por rachas y yo me hallaba en el inicio de una bondadosa preferencia de los cielos, me atreví a alterar ligeramente la ruta de regreso. *Resistir...* Ahí estaba la única clave de mi salvación. Sólo que, en lo sucesivo, dispondría de un refugio a escala humana, una cálida choza donde recuperarme y planear, sin angustias, próximos pasos y astutas estratagemas para ser avistado.

Tan contento me sentía con los hallazgos del día que a punto estuve de no prestar atención a la tercera sorpresa que me deparaba el Destino. Me había encaramado a una roca de cierto tamaño y, más por costumbre que obedeciendo a una real esperanza, contemplaba el embravecido mar hasta donde la densidad de la atmósfera me permitía. Nunca había observado la costa desde aquel punto y me congratuló comprobar que, aunque la visibilidad seguía siendo prácticamente nula, una auténtica playa rebosante de cantos rodados se abría bajo mis pies, a escasos metros de mi lugar de mira. Era ya un poco tarde para descender y explorar, y me conformé pensando que la costa no era tan inaccesible y escarpada como había creído y que, con toda probabilidad, el siniestro acantilado, que tan hoscamente recibiera mi despertar a la vida, tenía que tratarse de un accidente singular, de una desagradable excepción en un litoral que podía reservarme definitivas sorpresas. Aun y sabiéndome cometedor de un exceso, encendí otro cigarrillo de Naguib. Pero tampoco esta vez iba a saborear su perfumado aroma oriental.

Una alambrada, que posiblemente había estado viendo sin que mis sentidos la registraran, dividía la arena pedregosa en dos mitades, interponiéndose entre mis ojos y el mar. No parecía la obra de un aprendiz. A pesar de que las primeras sombras me impedían hacerme una idea exacta de sus características, observé su trazado regular e implacable y algunas prominencias que, desde la distancia, adiviné púas de metal y otras argucias disuasorias. El día había sido pródigo en signos, pruebas evidentes de que me estaba acercando a algo o a alguien, pero, por más que el deseo intentara ofuscarme, no podía dejar de admirar la insólita disposición de la cerca en un paraje en el que, pese a todas mis tentativas, no había dado aún con una sola muestra de vida.

¿Qué era lo que el vallado pretendía proteger o resguardar? Desde mi punto de observación, el objeto de tan drástica medida no podía ser otro que el mar. Aguas enfurecidas, corrientes secretas, remolinos... No por azar había naufragado el "Providence" en las proximidades, ni me encontraba yo ahora allí, sopesando las causas de mi último descubrimiento. Parecía plausible. Se había cercado el mar para impedir que nadie, desde la playa, accediera a su terrible castigo. Pero ¿quién iba a hacerlo?

La alambrada confirmaba la cercanía de algún poblado, el interés de la Administración por la salud de sus ciudadanos, la previsión de que alguien pasara por este desierto y se encontrara, como yo, frente a un mar traicionero y asesino. A no ser que se tratara de todo lo contrario... Sentí un escalofrío y la pregunta eternamente postergada resurgió con dolorosa fuerza. ¿Dónde me hallaba, Dios mío? ¿Dónde me hallaba?

> *"In taberna quando sumus*
> *non curamus quid sit humus..."*

Pero también esta vez, a pesar de que de mi garganta tan sólo surgió un bronco sonido, adiviné mi voz temblorosa y asustada.

Porque me hallaba contemplando de nuevo la cerca de alambre y sus púas se me antojaban ahora barrotes de una inmensa jaula en la que yo hubiese sido hecho prisionero.

80

8

Tenía que escribir. Cuando la ensoñación se confunde con el recuerdo, y el cansancio y la angustia se erigen en amos y señores, uno debe recurrir a toda suerte de argucias para no abandonarse al desespero. Mi situación no difería demasiado de la del condenado, encerrado en una oscura mazmorra, a quien se le da de comer y beber a las horas más disparatadas e imprevisibles. Me asustaba perder la noción del tiempo. Las noches eran cada vez más claras; los días más oscuros y desapacibles. La niebla, esa infernal maldición decidida a compartir todos los instantes de mi vida, obstaculizaba a diario las exploraciones en que tanto confiaba. Carecía de puntos de referencia, fuera de la rapidez con la que ardían las astillas o el peso abominable de aguantarme a mí mismo en aquellas penosas circunstancias. Decidí escribir y, al hacerlo, desoí la llamada de una segunda voz que reclamaba para el libro impoluto un práctico y efímero fin al calor de las brasas. Pero mis necesidades iban más allá de comer o dormir. En mi nueva morada me hallaba a cubierto del frío, disponía aún de algunas provisiones, y el mar, al igual que hiciera conmigo quién sabe cuántos días antes, arrojaba contra las rocas peces heridos, ristras de moluscos y verdaderas marañas de algas. Mi supervivencia no estaba amenazada por el exterior, sino por mí mismo. Por eso debía continuar desde mi cabaña el estúpido diario de viaje que, con tanto engreímiento, había iniciado bajo la mirada sagaz de tío Jean; las apasionadas cartas de amor que Yasmine nunca llegaría a recibir... Con la diferencia de que ahora no se trataba de combatir el terror, sino de conjurar la locura.

Entre los últimos objetos recuperados del naufragio contaba con una arquilla de madera de cierre herrumbroso. La ignorancia de lo que podía ocultar en su interior, y la incomodidad de su transporte, a punto habían estado de hacerme desistir de su acarreo. Pero, por fortuna, no cedí entonces a la debilidad, y la idea de que la arquilla serviría, por lo menos, para procurarme fuego, terminó con reservas y fatigas. Ahora me felicitaba sinceramente por mi previsión. Al calor de la chimenea había logrado desprender la cerradura. Al principio no encontré nada que me produjera el menor júbilo. Viejos diarios de navegación, mapas marinos de las islas Hawai, sin ninguna utilidad para mi caso, y un libro de hojas amarillentas e intocadas destinado, quizás, a registrar los pormenores de un viaje que nunca llegó a realizarse. Pero el cofre cobijaba también algunas plumillas oxidadas y varios frascos de tinta reseca a la que, con algo de calor y unas gotas de agua, no tardé en devolver a su estado primitivo.

Iba a escribir. No podía dejar de hacerlo. La labor de consignar los principales acontecimientos de la jornada, mis dudas, mi desconcierto, se erigía en la única senda para conservar la razón. Y debía empezar en aquel mismo instante. Narrar, antes de ser vencido por el cansancio, cómo, hacía apenas unas horas —si es que podía atreverme aún a utilizar convencionales medidas de tiempo—, me había llegado hasta el acantilado con la intención de proveerme de madera; cómo me deslicé por las sogas y me detuve consternado; cómo, en fin, el "Providence" había desaparecido... No digo que el rompiente se hubiera ensañado con sus restos, asestándoles un golpe mortal y desperdigando su codiciada madera por las aguas. Digo exactamente que el "Providence" había desaparecido. La bajamar permitía ver aún las huellas de su su presencia a la entrada de la cueva. Pero no eran más que huellas. Alguien había realizado el rescate con estimable esmero y precisión. Y de nuevo ¿quién era ese *alguien?* Mi estupefacta mente sólo acertaba a ofrecerme inviables hipótesis. Un barco había avistado los restos de la embarcación y había dado aviso a unas autoridades sobre cuya nacionalidad seguía sin poseer ningún indicio. Pero ¿por qué esa preocupación inaudita por la limpieza de una costa de la que yo, según todos los signos, era el único habitante? ¿Cómo no habían destacado algunos hombres a tierra para asegurarse de que no quedaba nadie con vida? ¿Por qué no ascendieron por la escarpa, encendieron una hoguera, se hicieron camino entre las brumas ayudados por potentes reflectores?... El juguete roto del cíclope había sido lanzado a alta mar, lejos de mi alcance, cortando de cuajo el último nexo de unión con mi antiguo mundo. Sin el "Providence", todo, hasta mi propia existencia, carecía fatalmente de sentido.

Mojé la plumilla en la tinta aguachinada, raspé el papel y, a modo de prueba, escribí mecánicamente: *"El Año de Gracia..."*. No sonreí ante mi inmeditada ironía. Ya mis manos habían tomado posesión de las páginas amarillentas y se deslizaban impelidas por una necesidad febril y poderosa.

Releí: *"Aunque los mejores años de mi vida transcurrieron de espaldas al mundo..."*. Y no cesé de
escribir hasta que la fatiga y el sueño inmo-
vilizaron mi pulso.

Antes de envolverme en las mantas,
ayudado por el resplandor de las tímidas
llamas, eché, como solía, un vistazo a mi
entorno. Conocía al dedillo mis escasas
pertenencias, su exacta disposición en la
parte habitable de la majada, las sombras
que sus siluetas proyectaban sobre el suelo
de piedra. No tardé en percatarme de una
ligera variación en lo tantas veces enume-
rado, y recurrí, como en los casos excep-
cionales, a la agonizante y preciada linterna. Ahí estaban las sogas, los alimentos, el
pañuelo de Naguib rebosante de algas, los
cuencos, un montón de astillas aún húme-
das secándose junto a la chimenea... Me
restregué los ojos y comprobé que mi memoria visual no me había engañado. Porque una de las dos últimas botellas de ginebra había desaparecido. Como el "Providence".

Y de nuevo pensé en el capitán, en la
remota posibilidad de que se hallara en
aquellas tierras, oculto en una choza parecida a la mía, luchando como yo contra la
locura y la soledad... Pero era todo demasiado inverosímil. Ni el capitán podía,
como por arte de magia, terminar con los

restos de su nave, ni yo sabría, por más que me esforzara, encontrar una razón suficiente para que rehuyera mi presencia o no hubiese necesitado, hasta entonces, de los numerosos objetos conservados en el "Providence". No, aunque deseara con todas mis fuerzas un compañero de infortunios, no debía dejarme llevar por la ilusión. Probablemente tío Jean se encontraba a salvo, a millas y millas de mi refugio, convencido de que Naguib descansaba en la profundidad de los mares y yo, el único testigo de su crimen, completamente ebrio y abandonado a mi suerte, no habría tardado en reunirme con el impaciente y desdichado marinero.

Aquella noche soñé con Maliba. Estaba en Samoa, bajo el sol, meciéndose en una hamaca suspendida de dos gigantescas palmeras, bebía agua de coco y me sonreía. "Estás solo", decía. "Solo... Completamente solo en unas tierras sin nombre."

9

El tiempo, esa presencia inaprehensible que me sentía incapaz de medir, se convirtió en mi mejor aliado. El impertinente zumbido que azotaba mis oídos se había ido haciendo casi inaudible y mis piernas, recuperadas de magulladuras y heridas, recobraron por fin su agilidad natural que me era ahora más necesaria que nunca. La garganta, en cambio, no había experimentado grandes progresos. Seguía empecinada en negarme el discreto placer de conversar conmigo mismo, saludar con gritos de júbilo los pequeños hallazgos o maldecir, con todas mis fuerzas, mi triste confinamiento. Pero los días y las noches iban sucediéndose, y la primavera, según mis cálculos, no tardaría en aparecer. Entonces se disiparía la niebla, el sol bañaría las tierras y yo, encaramado en los pequeños cerros, podría formarme una idea precisa del lugar en el que me hallaba.

Porque mis últimas expediciones no habían aportado ningún dato definitivo con que iluminar mis dudas. Fuera por donde fuese —y mi sentido de la orientación nunca me había parecido excelente—, me topaba con el mar. Olas gigantescas rompiendo contra paredes de roca, o playas de rocalla y arena sutilmente protegidas por alambradas y cercas. El mal tiempo reinante me impedía nombrar con cierto margen de seguridad lo que estaba viendo, y todo lo que poseía hasta ahora, más que una visión de conjunto, era una cadena de imágenes dispersas a la manera de una colección de postales sin indicación alguna. No deseché la posibilidad de encontrarme en una isla, aunque pudo más la suposición de que, simplemente, había estado caminando en círculo.

Pero no era yo el único ser viviente en aquel perdido rincón del mundo. En algunos momentos me asaltaba la sensación, no sé aún si incómoda o deseada, de hallarme sometido a una estrecha e invisible vigilancia, de la que la inexplicada desaparición de la botella no sería más que una pequeña prueba. Mis oídos acudían ahora en ayuda de mi singular olfato, y el viento no se contentaba ya con traer hasta mi puerta las agobiantes brumas que tanto detestaba. No estaba solo. Los balidos de cabras u ovejas habían agregado un dato de peso a mi voluntariosa lista de indicios. Si existían rebaños, existirían pastores, prados y apriscos... Sólo tenía que estudiar el origen del viento y seguir su senda. Unos cuantos pedruscos, que había dispuesto en forma de columna, cerca del manantial, con objeto de orientarme en días especialmente oscuros, me proporcionó, antes de lo que esperaba, la evidencia que estaba buscando.

Una oveja había quedado aprisionada entre las piedras de mi rústico monumento y se debatía, con todas sus fuerzas, para recuperar la libertad. Junto a ella, un recental intentaba en vano asirse de las ubres de su madre. La escena no podía resultar más trágica, pero no me conmoví. Mis mandíbulas habían comenzado a rechinar, la garganta a deglutir saliva, la lengua a recorrer impaciente las comisuras de los labios. Mi aspecto apenas debía de diferir del de un salvaje hambriento ante su presa. Me pareció como si en torno a ambos animales se hiciera una extraña luz, y me olvidé al instante de las garantías de salvación que su presencia significaba para mi pobre persona.

Con la soga en la mano me aproximé con cautela. Nunca había visto ovejas de tan rara especie. El hirsuto pelaje se distribuía caprichosamente, a lo largo y ancho de su cuerpo, dejando al descubierto grandes claros de piel grisácea. Aparecían cu-

está convertido en salvaje

89

biertas de pústulas y eccemas, y despedían un hedor insufrible, tan concentrado, que, a pesar de mis necesidades carnívoras, a punto estuve de desistir de mi propósito. Pero no era yo el que decidía, sino el instinto. Y fue él, sin consultarme, el que con maravillosa pericia logró sujetarlas, reducir la furia de la madre herida y convencerlas, a golpes de soga o a pedradas, de que ahora se encontraban bajo mi dominio y no les quedaba otra opción que dejarse conducir dócilmente a mi cabaña.

No gocé de tanta habilidad a la hora de ordeñar a la madre, y el empecinamiento del animal por negarme su leche, junto a los balidos con que repelía mis intentos, terminaron con mis restos de juicio. En poco tiempo había pasado de pobre náufrago a cruel y voraz hambriento, y sólo Dios sabe de lo que podía ser capaz en aquella ocasión o en cualquier otra que me deparara la suerte. Sacrifiqué a una de las ovejas a golpes de arquilla, a pedradas y a latigazos, pero no escogí a la madre para calmar mi ira, sino al tierno cordero que, espantado, apenas podía oponer resistencia. Así hice y, en los motivos de la elección, no pesó tanto la calidad o las excelencias de la carne del recental, como un imperioso deseo de aleccionar a la apestosa y vociferante oveja herida. Iba a quedar-

 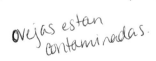 ovejas están contaminadas.

se conmigo en la majada, a brindarme su leche siempre que me complaciera, a guiarme, llevada por el hambre y el instinto, hasta los pastos donde había dejado a sus hermanas, a la cabaña donde moraba su dueño. Despellejé el cordero con la saña de un loco; lancé la cabeza a los ojos de su madre, sorbí la sangre aún caliente con ardorosa fruición y, con más rapidez que conocimiento, descuarticé una de sus piernas y ensarté los pedazos en el asador.

Una simple llama bastó para que el refugio se inundara del olvidado aroma a carne chamuscada. No tuve paciencia para aguardar y hundí mis dientes en el primer pedazo. Los balidos de la oveja habían dejado de irritarme. Quise, movido por la crueldad o la locura, mostrar a mi prisionera la rapidez con que el fruto de sus entrañas iba a desaparecer en mi boca y me volví hacia ella. La oveja no me prestaba atención. Seguía amarrada a los maderos de la puerta, pero no luchaba ya por desligarse. Parecía pendiente del exterior, indiferente a mi ágape salvaje. Se hallaba en silencio, completamente inmóvil... Y, sin embargo, hasta mí seguían llegando los balidos inconfundibles de un cordero, dos, quizá todo un rebaño. Me apresuré a salir de la cabaña y remontar el cerro. Entonces los vi. Dios sabe que tuve que sentarme para no perder pie y cubrirme la nariz para no desvanecerme.

Eran ovejas, no cabía duda. Veinte, treinta, tal vez cincuenta ovejas. Su aspecto era similar al de mi prisionera, sólo que ahora, a la vista de todo el rebaño, ya no sabía cómo interpretar el que todas por igual presentaran las mismas pústulas, el raro pelaje, parecidas heridas y semejante ferocidad. Se hallaban al pie del montículo, distribuidas de acuerdo con un extraño orden que se me antojó de batalla y que los hechos no tardaron en ratificar. Dos carneros de impresionante cornamenta lanzaban al aire poderosos balidos que más parecían proceder de una fiera que de inofensivos y vulgares rumiantes. Se encontraban en el centro del corro de ovejas en una actitud de claro enfrentamiento: la lucha, creí comprender, se reducía a vociferar con fuerza o a exhibir su poder ante el contrario. Pero lo que estaba presenciando no era otra cosa que un débil preámbulo. Pronto los carneros empezaron a embestirse, a realizar arrogantes piruetas sostenidos sobre sus cuartos traseros, a buscarse las partes vulnerables con tal ansiedad que, súbitamente alarmado, decidí echarme a tierra y confundirme con las piedras y el musgo.

No era un juego, un rito, o una ceremonia nupcial. El corro de ovejas, siguiendo las incidencias de la lucha, me pareció todavía más aterrador que los ardides de los combatientes. Pero, para mi momentáneo alivio, la lid fue breve y, cuando uno de los carneros, abatido, se revolcó por el suelo, los balidos de las pestilentes ovejas cesaron al instante. El silencio, sin embargo, no duró más que unos pocos minutos.

Porque iba a incorporarme ya, cuando las ovejas, hasta entonces inquietas espectadoras, comenzaron a bregar entre sí, a lanzar gemidos estremecedores, a revolcarse a su vez por entre las piedras. Parecían presas de una agitación incontenible. Las más audaces lograron hacerse camino entre aquel hediondo rebaño y aproximarse al carnero herido. Nunca pude haber imaginado que las pezuñas de un cordero fueran capaces de rasgar la piel de un moribundo, arrancarle los ojos o despojarle en poco tiempo de sus entrañas, acaso porque nunca, hasta aquel día, había tenido ocasión de contemplar semejantes pezuñas ni parecidos corderos. Observé cómo la carne propiamente dicha era despreciada y, en su lugar, las vísceras disputadas con la más absoluta ferocidad. Cuando alguna de aquellas pécoras conseguía hacerse con una ración de pulmones, corazón, hígado o intestinos, se retiraba unos cuantos metros del grupo y, con gran destreza, desmenuzaba, trituraba y ablandaba el sangriento trofeo.

No podía explicarme el cruento festín al que acababa de asistir, pero otros eran, en aquellos momentos, mis principales motivos de pavor. Una de aquellas bestias cimarronas me aguardaba a la puerta de mi morada, quién sabe si liberada al fin de la gruesa soga con la que había logrado sujetarla; furiosa, humillada, dispuesta a darse conmigo un banquete similar al que sus hermanas celebraban, en ese mismo momento, con los despojos del carnero.

Regresé a la majada con el corazón en un puño, deseando convencerme de que se hallaba demasiado malherida para plantearme batalla, que quizás habría muerto o que, libre de ataduras y sintiéndose enferma, había optado por huír de mi sadismo y de mi locura. Al llegar a la puerta, me detuve. La oveja seguía allí, revolviéndose entre las ligaduras teñidas de rojo, golpeando con la cabeza las tablas de la puerta, negándose a perderse el convite del que nos llegaban todavía los siniestros balidos. La sensación de hallarme frente a un ejemplar monstruoso embotó mis sentidos. El miedo se transformó en cólera, el desaliento en barbarie. Ejecuté a mi prisionera con la sevicia del desesperado. Apedreé, pataleé, apaleé, hasta que mi propia furia se volvió contra mí y, chorreando sangre, golpeé con la cabeza las paredes del refugio. Había visto sus pezuñas. Largas y afiladas cuchillas capaces de descuartizar a un carnero con la limpieza de un matarife... Aunque ¿qué había visto en realidad? ¿No estaría sufriendo una alucinación, una cruel ilusión producto de la fatiga, la desesperanza y el hambre?

Me hallaba demasiado agotado para actuar a la vez de víctima y de verdugo. Me dejé caer encima de las mantas, vendé mi cabeza con el pañuelo de Naguib y así permanecí, en el delirio de la fiebre, durante horas, días o semanas... Hasta que una mano áspera y rugosa se posó en mi frente.

III

10

Pido perdón, al hipotético lector, por los frecuentes saltos de humor que jalonan, desde su inicio, el relato de mis andanzas. En aquellos sombríos días yo escribía para mí; para conjurar el fantasma de la locura; para olvidarme de que bastaba un solo momento de resolución y mis pesadillas y, sobre todo, yo mismo, pasaríamos felizmente a mejor vida... Por fortuna no sucumbí a la tentación, aunque debo reconocer que a punto estuve, en una oportunidad, de lanzarme desde lo alto del acantilado o, en otra, de perecer inmolado en las llamas del exiguo fuego de mi refugio. Para lo primero me faltó valor. Para lo segundo constancia. De aquellas dos tentativas frustadas conservo hoy, además del recuerdo, unos cuantos rasguños y la pernera del pantalón chamuscada. En ambas ocasiones —y en tantas otras en que la desesperación no llegó a cruzar el umbral del pensamiento—, una extraña fe, que avergonzaría al menos sensato, acudió en el último momento en mi ayuda. No se trataba de una fe ilustrada, como podría desprenderse de mi larga permanencia en un seminario, sino de algo muy semejante a los pactos de los mortales con la Divinidad, a las transacciones de viejas enlutadas con Alguien superior y omnipotente a quien se puede seducir, convencer, regatear o, en último caso, retirar con irritación la confianza depositada.

En aquel tiempo me comprometí a llevar a cabo las acciones más peregrinas. Una vez a salvo, cuando volviera a ocupar mi lugar en ese mundo del que había sido expulsado, me encerraría de nuevo en el Seminario, me azotaría cada noche hasta sangrar, acudiría a lejanas ermitas descalzo, con los tobillos rodeados de cadenas, una cantimplora de agua y algo de pan reseco por todo equipaje. A menudo la promesa no me parecía suficiente, comparada con la gracia que esperaba obtener, e introducía algunas modificaciones. Suprimía el mendrugo de pan y la cantimplora, me ceñía una nueva cadena a la cintura e imponía un silencio absoluto a las caminatas que —otra innovación— se desarrollarían ahora sólo por la noche y en los meses más fríos del invierno. A medida que los días se sucedían invariables y el desaliento volvía a

100

hacer presa de mi enfebrecida mente, olvidaba la última promesa y fabulaba con toda precisión otra, hasta convencerme de que ésta era la definitiva, y el más allá —que nunca para mí resultó tan concreto y al tiempo abstracto— no tendría más remedio que aceptar el pacto. Nunca me pregunté por el valor real de los nuevos votos con respecto a los antiguos, si el nuevo anulaba el anterior o si, por el contrario, venía a sumarse a la larga lista de privaciones y sacrificios. Pero ahora, cuando mi ánimo lleva camino de serenarse definitivamente, contemplo alguna de aquellas promesas —notoriamente la de cuarenta días de estricto ayuno en las soledades del Gobbi— como todavía más ingrata que la situación de la que pretendía huir, y no puedo por menos que sonreírme ante la falta de imaginación a la que me había conducido la angustia. Intentaré, con todo, no perderme en inútiles rodeos y proceder con orden.

Tras mi primer encuentro con las apestosas ovejas y sus ritos macabros, quedé sumido en un enfebrecido sopor muy parecido al delirio. No sabía cuándo estaba soñando ni cuándo despertaba. Cerraba los ojos y volvía a vivir el festín sangriento que acababa de presenciar. Los abría, y la fetidez de mi propia morada me transportaba

de nuevo a aquella incomprensible pesadilla. No sabía lo que era mejor, si vivir o so-
ñar, ni podía asegurar con certeza que en
aquel momento me hallase en mi refugio,
o, por el contrario, estuviera aún a la in-
temperie, echado a tierra y con la cabeza
oculta entre mis manos. En un momento,
ignoro si con los ojos abiertos o cerrados,
me pareció que la oveja ejecutada había recobrado la vida y que no me hallaba solo
en la majada. En otro, sentí algo muy similar al roce de una mano gélida posándose
en mi frente. Enseguida todo se complicó.
Yo era un carnero, y mi voz era ruda y profunda. Era, naturalmente, el carnero vencido. Sentí tanta angustia que, esta vez sí, logré despertar. Entre las sombras distinguí
una figura hurgando entre mis enseres y
me recuerdo a mí mismo, incorporado en
el lecho, sin acertar a emitir otra cosa que
algo muy semejante a un alarido... ¿O fue
poco después? La figura se acercó hasta mí
y yo comprobé consternado que estaba
siendo víctima de una ilusión aterradora.
Era un hombre, un hombre harapiento y
sucio hasta el extremo, que me contemplaba con una extraña expresión, clavando en
mí sus pupilas dilatadas. Era un hombre, su
cuerpo era en todo semejante al de un
hombre, pero había algo en su rostro que
me recordaba la monstruosidad de aquellas

pécoras cimarronas de las que ni siquiera en sueños podía liberarme. Estoy casi seguro de que me desmayé. Una o varias veces. Porque me acuerdo con intermitencias de cómo aquel extraño ser me dio de beber, pronunció algo que, al principio, no acerté a comprender y me cubrió con una pelliza pestilente que me nubló el sentido. Después, por primera vez en tanto tiempo, empecé a hablar. Una lluvia de palabras posiblemente desprovistas de sentido, pero que él repetía para sí con voz bronca y parecía entender. Cuando al cabo de unos días me hallé en condiciones de ponerme en pie, sabía ya que no había estado soñando, que mi peculiar enfermero se llamaba Grock, y que él y yo éramos los únicos seres humanos sobre la isla. Aquella mañana mi vida experimentó un cambio de ciento ochenta grados.

Estábamos en una isla, según mis cálculos en una de las Hébridas, a escasas millas de la costa escocesa. No me hallaba pues en el fin del mundo, como había llegado a temer, sino todo lo contrario, y fue precisamente esta evidencia —la de hallarme a tan corta distancia de la civilización— la que me sobresaltó en extremo. Había estado a punto de transformarme en un salvaje, y lo que en otros momentos me pudo haber parecido dramático se me antojaba ahora una perversa burla del Destino. ¿No buscaba aventuras? ¿No había intuido, en aquellos lejanos días de Saint-Malo, que la hora de la acción había llegado para mí; que los cientos de libros que alegraron mi infancia se iban a convertir de repente en retazos de mi propia vida? La seguridad de que, cuando las brumas se disiparan, podría divisar con toda nitidez la costa escocesa me llenaba de alegría y, a la vez, me cubría de una penosa sensación de ridículo. Me consolé pensando que, si no hubiera sido por la milagrosa aparición de Grock, yo no estaría en condiciones de analizar ésta o cualquier otra sensación por bochornosa que ahora pudiera parecerme.

No ignoro que los móviles de aquel anciano, al convertirse en la más extraña y solícita de las enfermeras, no estaban desprovistos de egoísmo, y que su tarea para hacerme volver a la vida tenía, tan sólo de refilón, algo que ver con lo que se conoce como un acto humanitario. Pero eso fue al principio, mucho antes de que Grock y yo nos hiciéramos amigos, si es que es posible que un pastor como Grock y un náufrago como yo pudieran algún día hacerse amigos.

¿Cómo iniciar una descripción ajustada de mi salvador sin dejarme llevar por la ofuscación del agradecimiento? Probablemente, a los ojos del mundo, Grock no fuera más que un simple, un rudo pastor a quien el forzado aislamiento y las penurias de la vida en la isla hubiesen conducido a una regresión en sus hábitos y a una degeneración en sus caracteres físicos. Pero lo cierto es que, de todas las imágenes que me presentaba la realidad y el delirio, la visión de Grock fue, con toda seguridad, una de las más apacibles. Aunque su rostro mostrara parecidas pústulas a las de las sanguinarias ovejas, su voz me resultara casi inhumana y sus andares torpes y extraños, como si intentase luchar con una propensión secreta a abandonar su posición erguida y no se atreviera a lanzarse a cuatro patas por sus pedregosos y áridos dominios. Tal vez esté exagerando un tanto, y la semejanza con los rumiantes, que desde el principio aprecié, se debiera únicamente a los sorprendentes efectos de la prolongada convivencia. Porque cuando, a lo largo de los días, tuve ocasión de comprobar la portentosa habilidad con la que Grock descendía o remontaba la escarpa, ascendía los cerros o aparecía y desaparecía veloz entre la niebla sin recibir daño alguno, no pude dejar de admirarme y comprender que quien realmente resultaba inapropiado y grotesco en aquel medio inhóspito era yo, y todo lo que antes me pudo parecer monstruoso adquirió los visos de la naturalidad más tranquilizadora. Tampoco las ovejas —a las que, por supuesto, intentaba evitar— me produjeron en lo sucesivo mayores alteraciones en el ánimo. Aquellas bestias salvajes temían a Grock, abandonaban los pastos a uno de sus gritos y, aunque de mala gana, se dejaban ordeñar por su dueño, no tanto por obediencia, presumí, sino porque sabe Dios qué castigos era capaz de infligirles Grock. Dejé de temerlas pues —por lo menos con la intensidad de nuestro primer encuentro—, e incluso llegué a habituarme a las ráfagas de hedor que anunciaban su cercanía. De este último detalle se encargó involuntariamente el pastor, cuya preciada existencia no suponía precisamente un alivio para el olfato. Pero, como he dicho antes, intentaré proceder con orden.

La primera palabra que el anciano pastor farfulló sobre mi lecho de enfermo —o la que yo creo recordar— fue *Grock*. Entonces, confundido por la ilusión de hallarme ante un extraño ser mitad oveja y mitad hombre, no se me ocurrió conceder que mi oportuno visitante fuera siquiera capaz de nombrarse a sí mismo y la tomé por un bramido. Pero la larga convalecencia y esa extraña lucidez que a menudo provoca la fiebre, me llevaron sin duda a balbucear distintas frases en varios idiomas hasta comprender que Grock se expresaba en un rudimentario inglés salpicado de abundantes expresiones en gaélico —idioma, este último, del que, por desgracia, no tenía otra noticia que la de su mera existencia—, y que si yo prescindía de cualquier floritura y acudía, en cambio, a la más pura simplificación, a mi salvador se le iluminaban los ojillos, asentía o negaba, e intentaba, a su vez, reducir al máximo su lenguaje y limitarse a nombrar.

El aprendizaje de la lengua de Grock no se me hizo, pues, demasiado gravoso y en ello no intervinieron tanto mis buenos conocimientos de inglés, como la evidencia de que la peculiar sintaxis del anciano se asemejaba enormemente a la de algunas lenguas primitivas e, incluso, a la de muchos de nuestros niños cuando, provistos de cierto vocabulario, empiezan a manifestar sus necesidades. Con frecuencia las oraciones de Grock se iniciaban directamente en el objeto material de interés para pasar luego a lo accesorio, al cómo y al por qué, a las circunstancias, y sólo después, mucho después, a la verdadera respuesta a mis preguntas. Le inquirí repetidas veces acerca del nombre de la isla en la que nos hallábamos y su contestación fue: "Grock". Quise ser mucho más explícito y, acompa-

ñándome de gestos y muecas, dije: "Isla...
Esta isla... ¿Cómo se llama?". La respuesta
fue invariable: "Grock". Era obvio que no
distinguía entre su nombre y lo que era objeto de su propiedad. Grock había pasado
demasiados años entre ovejas.

Pero no podía lamentarme de mi suerte. Gracias a los cuidados del pastor y a las
informaciones que logré arrancarle con
harta paciencia, pude hacerme una idea
aproximada del lugar en el que nos hallábamos. En otros tiempos la Isla de Grock
había sido habitada por varias familias de
pastores. Después, "hacía muchos, muchos
años...", por razones que el viejo desconocía o no supo explicar, las familias recogie-
ron sus enseres, olvidaron sus rebaños y
abandonaron aquellas tierras. En la isla
sólo quedó Grock al mando de centenares
de ovejas, las madres de las madres de las
madres de aquellos cuadrúpedos que tanto
me habían impresionado y, que, según me
pareció entender, fuera porque eran demasiadas para ser controladas por un solo
hombre, fuera porque el pastor se desen-
tendió de ellas, no tardaron en hacerse
montaraces y convertir en sanguinarias
partidas lo que antes fueran apacibles rebaños. "Ellas le hicieron cosas muy malas a
Grock", dijo. "Cosas muy malas." Pronto
constaté que el pastor las odiaba con todas

sus fuerzas. Cuando hablaba de ovejas, su rostro adquiría un aspecto aterrador, los ojos le brillaban con furia salvaje y se deleitaba recitando la larga lista de castigos que les había obligado a soportar para demostrarles que él era Grock, el amo de la isla, y que ellas habían hecho "cosas muy malas". Al preguntarle al fin en qué consistieron las malvadas acciones de aquellas bestias (y temer secretamente que me lo contara), el brillo feroz volvió a dilatar por un momento sus pupilas, para dejar paso, casi enseguida, a una inesperada expresión de ternura. "Mataron a Grock", contestó.

Durante nuestros primeros días de convivencia tuve que recurrir muy a menudo a la imaginación, a veces a la pura inventiva, para interpretar las desconcertantes intervenciones del pastor. Se empeñó en que yo procedía de Glasgow —aunque, tal vez, con este nombre designara todo lo que no hiciera relación a la isla— y se mostró muy sorprendido ante el relato del naufragio, de mi salvación y de la posterior desaparición de los restos del "Providence". No creo que Grock, inmediato como un niño, supiera fingir, y la absurda posibilidad de que el viejo desconociera el misterioso destino de la embarcación me dejó suspenso. De nuevo me enfrenté a la cantidad de enigmas aún por resolver y presentí que las parcas facultades narrativas de mi salvador no me iban a servir, de momento, de demasiada ayuda.

Me hallaba entregado a mis oscuras cábalas cuando Grock, que acababa de dar buena cuenta de mi última botella de ginebra, rompió a reír como un salvaje. No tuve tiempo de sobresaltarme. El viejo, como si recordara de súbito el motivo de su desbordante alegría, se arrancó un estuche que le pendía del cuello, extrajo de su interior una cartulina arrugada y, sin dejar de reír, me la entregó. Aquí sí que tuve que restregarme los ojos para comprender que no soñaba. Lo que tenía en mis manos era una fotografía en color, un retrato del propio pastor realizado por una cámara de revelado instantáneo. Luego, la isla no estaba tan deshabitada como se me había dado a entender. No me paré a pensar a qué mente perturbada se le podía ocurrir la macabra idea de fotografiar a Grock, ni me pareció oportuno someter al pastor a un nuevo interrogatorio. Todo lo que supe hacer fue unirme a sus risas como mera prueba de mis buenas intenciones. El, entre carcajadas, me habló de una caja pequeña en la que se pulsaba un botón y aparecían, poco a poco, unas sombras, unos colores y, finalmente, la imagen de un hombre. "De un hombre", dijo. La aparente magia de la cámara era lo que de veras divertía al pastor. Volví mis ojos hacia la instantánea con un estremecimiento. Lo que tenía entre mis manos era la plasmación fría y cruda del horror. Lo que se agitaba ante mí, poco más que un niño viejo y loco que, con toda seguridad, ignoraba que se estaba riendo de sí mismo.

muere Grock y entonces no importa al narrador porque se convierte en Grock.

le mataron a Grock por accidente y ahora Daniel toma la posición del rey de la isla.

Bosque muerte, petrificado

11

Cuando me hallé en condiciones de andar y valerme por mis propias fuerzas, Grock me indicó que le acompañara. No me resistí. Es más, fingí no haber reparado en el tono brutal que no dejaba lugar a réplica, como una nueva prueba de mi intención de acatar su autoridad y respetar sus dominios. Era de madrugada y anduvimos durante un buen rato ayudados de una débil claridad en la que el viejo parecía moverse a sus anchas. Durante todo el camino Grock se mantuvo en silencio y yo, agradeciéndole aquel descanso a mis agotadoras tareas de interpretación, me dediqué a registrar las escasas singularidades del desértico paraje, aun y sospechando que, en la eventualidad de desandar el camino por mí mismo, no me sentiría capaz de orientarme. Nunca había inspeccionado aquellas sendas, llevado por mi decisión de no apartarme demasiado de la costa, y mi estado era de tal debilidad que más de una vez me sentí tentado de cerrar los ojos y dejarme caer. Cuando me hallaba en el límite de mis fuerzas, el pastor señaló hacia unas sombras y ambos apretamos el paso.

La morada de Grock me produjo una agradable sensación de alivio. Era una vivienda tosca, con sólo lo imprescindible, una chimenea, una mesa, un par de sillas y un lecho. Pero, a mis ojos de náufrago, aquel sencillo mobiliario me pareció envidiable y fastuoso. En el saliente de una de las paredes se hallaban varios quesos en distinto grado de fermentación. Mi anfitrión se lanzó sobre uno de ellos y lo engulló de un bocado. Comprendí que el pobre Grock se hallaba tan hambriento como yo mismo y, sin esperar invitación, me apropié también de una ración de aquel olvidado manjar. No puedo pronunciarme sobre su calidad ni sobre la habilidad del pastor a la hora de cuajar la leche, cuya clara procedencia ni siquiera tuvo el efecto de repugnarme. Lo devoré en un abrir y cerrar de ojos, enseguida me quedé saciado y me senté, con cierta euforia, en una de aquellas toscas sillas que me devolvían inesperadamente a la condición de humano. Grock se hallaba removiendo las cenizas de la chimenea y parecía haberse olvidado por completo de mi existencia. Aproveché para echar una mirada a mi alrededor. En el suelo yacían amontonadas unas cuantas botellas vacías y del techo pendían algunas pieles de oveja. Sin moverme del asiento me incliné hacia la única ventana de la pieza. Vi, en el exterior, un montículo de tierra rematado con una cruz, y me alegró constatar que, pese a su aislamiento, aquel viejo salvaje respetaba a los muertos y conservaba ciertos sentimientos religiosos. Reconfortado por tales descubrimientos, me puse en pie y me dirigí al rincón donde se hallaba el montón de botellas. Enseguida reconocí uno de los cascos como la ginebra que me había sido sustraída, sonreí con ternura hacia aquel ladrón-benefactor y examiné el resto. Eran botellas de aguardiente y whisky, o, para ser exactos, envases que en otros tiempos habían contenido aguardiente y whisky. Las etiquetas no estaban demasiado deterioradas; algunas, incluso, parecían recién salidas de un almacén. De nuevo la idea de que no nos hallábamos tan aislados como había temido, volvió a infundirme arrestos. Cogí uno de los envases y se lo mostré a Grock. Casi al instante comprendí que nunca debiera haberlo hecho. El pastor miró la etiqueta con feroz ansiedad, sus ojos adquirieron el brillo de una alimaña, recorrió mi cuerpo con la vista y, finalmente, se detuvo en mi sorprendido rostro, como si sólo entonces me hubiera reconocido o, algo mucho más probable, recordara de súbito el motivo de sus desvelos. "Dámelas" —bramó—. "¡Dámelas enseguida!"

Mi estupor no hizo más que enfurecerle. Me agarró por el cuello, me zarandeó y me arrojó brutalmente sobre el lecho. Al caerme me di con una de las prominencias del muro y a punto estuve de perder el sentido. Grock, a mi lado, no me daba respiro. Pronunció algunos gruñidos ininteligibles y luego, con una claridad pasmosa, me espetó: "¡Las botellas!, ¿dónde escondes las botellas?". Y me lanzó de nuevo contra la pared.

De modo que era eso. Aquel viejo borrachín se había tomado la molestia de arrancarme de la muerte para hacerse con lo que él sospechaba un secreto arsenal de alcohol. Pero ¡qué más hubiese deseado yo, en aquellos momentos, que poseer una partida de ginebra con que apaciguar su sed enloquecida! Tendría que librarme de él, no me quedaba otro remedio. Iba a mentir, a urdir cualquier estratagema, a ganar tiempo de la forma más rápida posible... Grock había tenido la gentileza de olvidarse de mi cuello y se limitaba a escrutarme con sus ojos fieros. Miré hacia una de las botellas. Si conseguía incorporarme de un salto y hacerme con ella, podría, por un breve lapso de tiempo, mantener al pastor a cierta distancia. Entonces le prometería todo lo que se me ocurriese, todo lo que él quisiera hacerme prometer, hasta que, tranquilizado, pudiera decidir el momento oportuno para estamparle la botella en el cráneo. "Calma", dije. "Un poco de calma." Y al incorporarme me di cuenta de que la cabeza me dolía horrorosamente y que no sabría, por más que lo intentara, dar esa pirueta prodigiosa con la que me había gratificado la imaginación. "Las botellas...", empecé, y me interrumpí en seco. A través de la ventana volví a distinguir la silueta de la cruz, me acordé del retrato de Grock y del buen estado de la mayoría de etiquetas de whisky. El fin que me tenía dispuesto el pastor no pudo resultarme más obvio. Pero lejos de asustarme me enfurecí. Con una fuerza de la que siempre me hubiera creído incapaz, salté sobre el anciano sin darle tiempo a sorprenderse. Me hallaba fuera de mí, preguntaba sin esperar respuesta, y sólo deseaba que aquel salvaje asesino confirmara mis sospechas para terminar con su vida. "¡El retrato!", grité, "¿Quién te hizo el retrato?".

Grock me miró con la repentina inocencia de un niño. Entonces me apropié del estuche y le mostré la fotografía.

—La caja —dije—. ¿De quién era la caja?

¿Quién hizo a *un hombre* con aquella caja?

—Ellos —balbuceó después de un silencio.

—Ellos —repetí. Y tuve buen cuidado de no soltar sus cabellos—. ¿Quiénes son ellos? ¿Dónde están ellos?

El pastor tardó una eternidad en contestar.

—En Glasgow —repuso al fin—. Los hombres de Glasgow que vienen a ver a Grock.

—Muy bien —grité sin entender gran cosa de lo que estaba oyendo—. Y luego ¿qué haces con *ellos*? ¿Los matas de un hachazo y los entierras a la puerta de tu casa? ¿Les rezas una oración por su alma y les construyes una cruz? ¿Era eso lo que pretendías hacer conmigo?

Me di cuenta de que había exagerado la presión sobre sus cabellos y que Grock, aunque quisiera, no podía hablar. Cuando le solté parecía más sorprendido que enfadado.

—Ellos —repitió—, los de Glasgow. Vienen a ver a Grock y le traen botellas. Después vuelven a Glasgow y buscan más botellas para Grock.

—Entonces —pregunté completamente perdido—. ¿Quién está ahí, bajo la cruz, junto a la puerta de la casa?

—Grock —dijo. Y se puso a llorar.

Los frecuentes cambios de humor de mi curioso anfitrión, así como su irritante facilidad para perder el hilo de nuestras conversaciones, me aconsejaron mantenerme atento al menor síntoma de que iba a producirse lo primero y aprovecharme de las ventajas que me ofrecía lo segundo. La verdad es que no me resultó demasiado difícil. Cuando su arrugado ceño se fruncía inopinadamente, yo —alertado por mi reciente experiencia— no me detenía a meditar cuál pudiera ser el motivo de su incipiente furor. Pronunciaba la primera palabra que tenía en mente, señalaba el objeto más alejado del tema del que habíamos estado hablando, e incluso, en algunas ocasiones en que su semblante me hizo temer por mi seguridad física, me ponía a dar saltos, a bailar, a entonar toda suerte de cánticos acompañados de gestos, muecas y reverencias, que producían el milagro de encantar momentáneamente a Grock y disipar sus sombríos pensamientos. Pronto me revelé como un experto en el arte de conducir las revelaciones de mi variable Viernes y, aunque no pude comprender todo lo que el viejo, a mis ruegos, intentaba explicarme, sí, por lo menos, logré reunir algunas informaciones de vital interés para mi futuro.

Ellos, "los de Glasgow", venían regularmente a la isla. Llegaban en lancha, recorrían los dominios de Grock y, al caer la noche, se embarcaban de nuevo sin olvidarse jamás de depositar sobre la arena de la playa unas cuantas cajas repletas de botellas. Sobre la calidad de los visitantes —¿verdaderos propietarios de la isla?, ¿simples patrullas de reconocimiento?—, no logré aclarar gran cosa. El pastor recibía a estos esperanzadores huéspedes con la frecuencia de "cada dos inviernos", algo que probablemente me hubiera descorazonado si no fuera porque Grock señalaba las botellas vacías y, con la mayor seguridad, añadía: "Pronto. Volverán muy pronto". Su convicción me resultaba más que suficiente para creerle a pies juntillas.

Tampoco la cruz que había divisado por primera vez a través de la ventana me produciría en adelante el menor motivo de inquietud. Quien se hallaba bajo tierra, a menos de un par de metros de la puerta de la cabaña, era el ser más querido por el pastor. Me lo contó varias veces, combinando lágrimas y accesos de furia, con una claridad poco habitual en sus sincopadas disertaciones, como si la memoria se le hubiera quedado detenida en ese punto y, a partir de ahí, su vida se hubiese encerrado en una cárcel de sombras. "Ocurrió hace mucho tiempo", decía, y Grock lo narraba siempre con las mismas palabras, harto tal vez de repetirlo a las piedras o recordárselo incansablemente a sí mismo. "Ellas le hicieron cosas muy malas a Grock..." Hacía mucho tiempo, años después de que las familias dejaran la isla y Grock se resistiera a abandonar lo que consideraba suyo. Aquéllos eran años felices. Nadie mandaba sobre Grock, y él y su perro pastor se movían a sus anchas por sus tierras. Nunca existió en el mundo un ser tan inteligente como su compañero. El mismo le había adiestrado en las labores del pastoreo y, al caer la noche, cuando oía sus ladridos, sabía que los rebaños regresaban en orden y acudía a su encuentro. Pero una tarde el pastor no oyó la voz de su perro ni una sola oveja regresó a la majada. Muy sorprendido se encaminó hacia los pastos con un temor desconocido en el pecho. No encontró a las ovejas; tampoco su amigo respondió a sus llamadas. Tuvo que esperar a las primeras luces del alba para comprender con espanto lo que acababa de ocurrir. Su perro yacía en la hierba con el vientre abierto en canal, chorreando sangre. Los ojos le habían sido arrancados y los restos de su cuerpo presentaban las huellas de innumerables pezuñas, como si el rebaño entero hubiese rematado la criminal acción con una burla póstuma. Loco de ira, Grock se armó de palos y piedras e inició la búsqueda de aquellas pécoras rebeldes. Las primeras que se cruzaron en su camino perecieron a los pocos minutos del encuentro. A las segundas les concedió el privilegio de la agonía: se arrastrarían heridas de muerte durante horas y horas, hasta que no quedase una gota de sangre en sus repugnantes cuerpos. A las terceras les perdonó la vida. Pero antes tuvo buen cuidado de apalearlas y magullarlas para que conocieran la magnitud de sus castigos. Al cabo de un par de días, agotado por su sangrienta actividad, recogió los restos de su perro y les dio sepultura a la entrada de la casa. Y ahí estaba Grock o, en su lenguaje, el ser a quien Grock había querido más en toda su vida.

Las lágrimas del pastor se me hacían aún más insoportables que sus accesos de furia.

12

Permanecí cerca de una semana en la vivienda de Grock, no sé aún si por voluntad propia o porque mi anfitrión así lo había decidido. Pero lo cierto es que a las inclemencias ya habituales de la isla se había unido una tormenta de granizo, primero, y una niebla más densa aún que la acostumbrada, después, que me hicieron recordar la frialdad de mi refugio y la dureza de mi cotidiana lucha por la supervivencia. En la cabaña, por el contrario, disponíamos de ciertas comodidades: un hogar donde calentarnos, considerables provisiones de leña y suficientes alimentos con que saciar el hambre de una docena de hombres como Grock y yo. Durante el día el pastor me enseñaba —me obligaba, quizás— a elaborar quesos y cuajadas de acuerdo con el más primitivo de los sistemas que tomé buen cuidado en aprender, aunque no se me ocultaba que, en caso de hallarme solo, me costaría un ímprobo esfuerzo llegar a ordeñar alguna de aquellas ovejas. Por las noches el viejo se acostaba en su lecho y yo hacía lo propio en un montón de pieles que había dispuesto en el suelo para tal fin. No puedo recordar que llegara a dormir profundamente en ninguna de aquellas inquietas noches. El pastor roncaba con una violencia inaudita y yo, muerto de cansancio pero forzosamente precavido, no me atrevía a acudir a los remedios al uso, el silbido o el chasquido de la lengua, temeroso de que, al despertarse sobresaltado, mi olvidadizo salvador volviera a interrogarse sobre el motivo de mi presencia. Pero eso no fue lo más grave.

En cuanto hube terminado con mis diarias labores de improvisado quesero, el viejo me colgó un par de sacos a la espalda y me ordenó que le siguiera. De nada me sirvió invocar el mal tiempo reinante. Grock parecía decidido a extraer la mayor utilidad de mi compañía, a encomendarme tarea tras tarea, aunque nada necesitara, fuera del placer de sentirse obedecido. Le seguí a distancia, de mala gana. Aquel viejo simple no se parecía en nada al fiel Viernes de la única novela que, ironías de la vida, me había olvidado de evocar ante la visión del "Providence" en aquel día, en Saint-Malo, que ahora se me antojaba tremendamente lejano. Todo lo contrario. Grock adquiría por momentos los rasgos del perverso anciano de piernas velludas de uno de los más espantosos viajes de Simbad, y yo, al igual que el humillado marinero, tendría que ingeniármelas, tarde o temprano, para zafarme con cualquier ardid de su creciente tiranía. Sabía, sin embargo, que debía mostrarme astuto. Si para Grock yo no significaba más que un capricho, él, en cambio, era para mí la única tabla de salvación que había encontrado desde mi llegada a la isla. Me hallaba enfrascado en tales pensamientos cuando reparé en que estábamos tomando el camino de mi refugio y deseé con todas mis fuerzas encontrarme de nuevo a solas conmigo mismo. Pero los designios del pastor no me iban a resultar tan halagüeños. A la altura de una encrucijada, el viejo tomó la vereda opuesta y yo no tuve más remedio que imitarle. El viento había disipado la densa niebla y, por primera vez en mucho tiempo, pude distinguir el camino con claridad. Fue así cómo comprobé con alegría que nos dirigíamos a un tupido bosque. Me deshice de los sacos y, desoyendo los gritos de Grock, me puse a correr como un loco.

Era un bosque. El primer signo importante de vida vegetal que me ofrecía la isla. Pero, a medida que me iba acercando, me sorprendía de la extrañeza de sus formas, de la intrincada maraña de troncos y raíces, de la oscuridad que se adivinaba tras los primeros árboles en los que ahora, jadeante y acalorado, me detenía para recobrar fuerzas. ¿Era la carrera la que me había dejado en aquel estado? Avancé aún algunos metros y me apoyé en uno de los troncos. Entonces vi que mi posición no difería de la de la mayoría de los árboles, reclinados unos sobre otros, entrelazados, abrazados, como si todos formaran parte de un ser único y tenebroso. No tuve tiempo de ahondar en esa tétrica impresión. El tronco en el que me había apoyado se desmoronó súbitamente bajo mi peso en una caída silenciosa, desintegrándose al contacto con el suelo, seguido de otros troncos cercanos. De pronto todo el bosque se había puesto en movimiento. "Está muerto", grité. "Es un bosque muerto." Y corrí hacia la salida.

Grock se hallaba a pocos metros con las huellas del pánico impresas en los ojos. Llevaba en las manos los dos sacos que yo había abandonado en mi loca carrera y me miraba ahora como a un aparecido, un resucitado, alguien a quien no se espera volver a ver después de un viaje a la región de las sombras. Cuando me acerqué, el viejo temblaba como una hoja. No pronunció palabra, pero, por su mirada fija en el bos-

126

que, creí comprender que Grock no se hubiera atrevido jamás a traspasar la línea de los primeros árboles. No pude burlarme de su estupidez o irracionalidad porque yo mismo acababa de sucumbir a un estúpido e irracional espanto. Me aproximé aún más y, con mi mejor voluntad, le palmeé la espalda. Por un instante el viejo me devolvió una mirada tierna y asustada. Sólo por un momento. Enseguida recobró su aspecto habitual y señaló con energía en dirección a una hondonada que, en mi emoción, había pasado por alto. Aquél y no otro era el destino de nuestra expedición. Un lugar repleto de troncos y maderas que Grock, desciñéndose un hacha del cinto, me instó a cortar, guardar en los sacos y cargar a la espalda.

"Volverán pronto", había dicho. "Volverán muy pronto..." Me olvidé de nuestra breve comunión en virtud del miedo, recordé que su vivienda disponía de sobradas provisiones de leña, y, en aquellos momentos, no me quedó ya la menor duda de que el viejo había decidido convertirme en su esclavo.

13

Al llegar a la cabaña me derrumbé exhausto sobre el lecho de pieles. Durante todo el camino no había hecho otra cosa que maldecir para mis adentros al viejo bribón y avanzar a trompicones bajo el peso de mi gravosa carga. No me hallaba en condiciones de pensar estratagema alguna. Ahora, en cambio, disponía de toda una noche, una larga noche en la que los ronquidos de Grock me ayudarían a mantenerme en vela y de la que no amanecería sin una idea clara, un plan perfecto, un ingenioso ardid con el que poner fin a mi obligada y humillante sumisión. No había oscurecido aún y me entretuve en contemplar las irregularidades de las paredes, las telarañas de las esquinas, las grietas del techo. En uno de esos recorridos me topé con la cabeza de Grock, inclinada sobre la chimenea, y, de inmediato, mis ojos cambiaron de dirección. Volví a mirar hacia el techo —conté cinco grietas, seis manchas de humedad, una considerable gotera—, descendí por una de las paredes —algunas piedras presentaban formas curiosas y agradables: una pagoda china, la torre de un campanario, una aldea diminuta poblada por seres minúsculos y bondadosos... ¿o era tal vez un festivo almuerzo campestre?...—, evité la campana de la chimenea y me detuve en un ángulo de la pieza. A pesar de que mi dolorida espalda me reclamaba la más absoluta inmovilidad, me incorporé, agucé la vista y me olvidé al instante de las fantasiosas aldeas de enanos o los alegres bailes tras un buen almuerzo en el campo. Sobre una peana maltratada por los años, abombada por la humedad y recubierta de polvo, había un libro. Me acerqué con emoción, lo tomé entre mis manos y leí: *Sagrada Biblia.* Alguien, a mi lado, realizó un movimiento violento y brusco, y yo comprendí, sin necesidad de apartar los ojos del libro, que Grock había dejado de ocuparse del fuego y, de un salto, acababa de ponerse en pie. "Madre", bramó. "Mi madre."

Conocía ya sobradamente el lenguaje del pastor para, a estas alturas, desconcertarme con sus insólitas ocurrencias. No, lo que yo sostenía entre mis manos no era una rústica caja, una burda imitación de un libro, en la que mi imprevisible dictador hubiera encerrado las cenizas de la feliz autora de sus días; ni tampoco me pasó por la mente que aquel viejo analfabeto estuviera rematadamente loco y se creyera engendrado por un tomo de cubiertas mohosas al que yo, sin ningún recato, me atrevía a desplazar de su lugar de reposo. Aquel libro no era más que eso: un libro. Y Grock, al mentar a su progenitora, no hacía otra cosa que indicarme, con su peculiar estilo, que la Biblia *había pertenecido* a su madre o que, tal vez, era el único recuerdo que conservaba de ella. La abrí por la primera página, y sabedor, por experiencia, de que los más raros arrebatos podían producirse en cualquier momento en el inexpugnable cerebro del viejo, me apresuré a centrar su atención. "Es una Biblia", dije, y acto seguido me puse a leer:

"En el principio creó Dios los cielos y la tierra. Y la tierra estaba desordenada y vacía, y las tinieblas estaban sobre la faz del abismo, y el Espíritu de Dios se movía sobre la faz de las aguas. Y Dios dijo: Sea la luz...".

Grock se había vuelto a sentar junto al fuego y me escuchaba arrobado, sin pestañear, como si se hallara presenciando un prodigio o una deliciosa visión. Me pregunté si aquel rudo pastor era capaz de entender algo de lo que yo le estaba leyendo, o si habría que buscar en la fuerza de aquellas palabras la única razón de su súbito estado de encantamiento. Leí aún algunos párrafos del Génesis hasta que la oscuridad y el frío me obligaron a tomar asiento junto a la chimenea. De la mirada de Grock había desaparecido toda huella de autoridad o furor. Volvía a parecerse a un niño. Un niño indefenso, inmovilizado por el asombro, que me instaba con su silencio a que no interrumpiera por nada del mundo mi mágica lectura. Proseguí: *"Luego dijo Dios: Produzca la tierra seres vivientes y aves que vuelen sobre la tierra, en la abierta expansión de los cielos...".* Y observé que, con intermitentes movimientos de cabeza, el viejo asentía y una lucecita doble se instalaba por igual en el mismo centro de sus dos pupilas.

Grock había escuchado aquella historia con anterioridad. Probablemente de pequeño, al calor de parecidas llamas y de boca de una mujer que sabía desentrañar los extraños signos —los mismos que Grock escrutaba ahora por encima de mi hombro— y convertirlos, como por arte de magia, en palabras sonoras y poderosas. En un rápido y casi imperceptible amago de caricia, la áspera manaza del pastor se tornó suave al contacto con mi cabello. Le noté excitado y tembloroso, y me inquietó la posibilidad de que, al igual que en otras ocasiones, rompiera a llorar en recuerdo de algo que, como todo lo que le conmovía, hubiera ocurrido "hacía muchos, muchos años...". Esta vez, para mi alivio, sus manifestaciones emotivas se concretaron en un par de suspiros y unas cuantas gotitas de saliva que recibí con estoicismo en una de mis orejas.

Convencido de que lo que realmente fascinaba al viejo era el rito en sí mismo, el arte prodigioso de la lectura, me permití interrumpir el hilo de alguna historia, repetir ciertos pasajes y seleccionar a mi capricho los fragmentos que, con voz clara y pausada, recitaba enseguida a la luz de la lumbre. Pasé del Génesis a Josué, de Esther a los Proverbios y, sintiendo un extraño escalofrío, me detuve en Daniel. No pensé en el profeta ni en la cantidad de veces que, en otras circunstancias y en otras lenguas, yo había leído aquellas páginas. El hecho de encontrar mi propio nombre escrito en letras de molde me sobresaltó. "Daniel", dije para mí mismo, y lo repetí hasta convencerme de que aquella palabra, la primera que supe trazar mucho antes de haber aprendido a escribir, me pertenecía. Leí: *"En el año tercero del reinado del rey Baltasar, me apareció una visión a mí, Daniel...".* Y volví a quedarme ensimismado, asombrado de que aquellas seis letras, mi primer distintivo frente a la familia y al mundo, pudieran haber convivido conmigo durante tantos años para abandonarme, casi sin dejar rastro, en cuanto desaparecía la necesidad de distinguirme ante la familia y el mundo. "Tal vez", dije en el mismo tono en el que leía las Sagradas Escrituras, "de lo primero que se olvida un ser humano es de su propio nombre". El fétido aliento de Grock, proyectado ahora sobre mi nuca, me recordó que no me hallaba solo en la desgracia. Le sonreí y, con la mayor amabilidad de la que me sentí capaz, le indiqué que abandonara su incómoda posición sobre mi hombro, volviera a tomar asiento en la silla y que, para escuchar tan maravillosas historias, no hacía falta seguir con los ojos aquellos extraños signos que a él no le era dado comprender. Una vez liberado de su agobiante proximidad, continué:

"...Alcé los ojos y miré, y he aquí un carnero que estaba delante del río, y tenía dos cuernos; y aunque los cuernos eran altos, uno era más alto que el otro; y el más alto creció después.

"Vi que el carnero hería con los cuernos al poniente, al norte y al sur, y que ninguna bestia podía resistir ante él, ni había quién escapase a su poder. Y hacía conforme a su voluntad y se engrandecía.

134

"Mientras yo consideraba esto, he aquí que un macho cabrío venía del lado de poniente sobre la faz de la tierra; y aquel macho cabrío tenía un cuerno notable entre los ojos.

"Y vino hasta el carnero de dos cuernos, que yo había visto en la ribera del río, y corrió contra él con la ira de su fortaleza.

"Y lo vi que llegó junto al carnero, y se levantó contra él y lo hirió, y le quebró sus dos cuernos, y el carnero no tenía fuerzas para hacerle frente, y así lo arrojó a tierra y lo pisoteó y no hubo quien librara al carnero de su poder.

"Y el macho cabrío se engrandeció sobremanera: mas, en la cúspide de su poder, aquel gran cuerno se quebró, y en su lugar salieron otros cuatro cuernos maravillosos hacia los cuatro vientos del cielo".

La lectura de aquel pasaje me llenó de inquietud. Pasé por alto algunos párrafos y, con el deseo de dar por acabada la velada, concluí:

"Y yo, Daniel, quedé quebrantado y estuve enfermo algunos días, y cuando convalecí, atendí los negocios del rey. Pero estaba espantado a causa de la visión y no la entendía".

Cerré el libro de golpe y lo coloqué encima de la repisa de la chimenea. La historia que acababa de leer presentaba notables similitudes con mi propia vida, demasiadas para no creerme ante un aviso, una llamada de los cielos, o, por lo menos, una simple coincidencia con la que un Destino implacable y socarrón gozaba una vez más enfrentándome a mi extraña suerte. Pero no era yo el único en hallarme impresionado. Grock, a mi lado, pataleaba con regocijo, como un escolar que exige que le narren su cuento favorito una y otra vez, como un rey absoluto dispuesto a no permitir que sus súbditos dejen de atender el menor de sus negocios. Y los negocios de Grock requerían en aquel instante mi activa participación: repetirle hasta la saciedad la visión del carnero y del macho cabrío, detenerme en el mismo punto en que había interrumpido mi primera lectura, y reír con él cuando, agitándose en su rústico asiento, no acertaba a pronunciar otras palabras que "Grock, Grock, Grock..." y a señalar el libro. Mi rudo pastor contemplaba aquel pasaje como pertenencia propia. Reconocía al carnero, disfrutaba con su sumisión ante el macho cabrío y se revolvía de gozo ante el estado de postración en que, tras la visión, quedaba reducido el profeta. No me paré a meditar si el viejo se atribuía el carácter de héroe salvador, si se identificaba con el macho cabrío, o si recordaba simplemente el susto mayúsculo que me había provocado la primera aparición de las sanguinarias ovejas. De lo único que me hallaba seguro es que el aislamiento del mundo producía en el viejo una reacción radicalmente opuesta a la mía. Con toda probabilidad, de lo último que iba a olvidarse Grock, en toda la vida, era de su propio nombre.

Cuando me sentí agotado de tanta relectura y tanta hilaridad, caí en la cuenta de que ya no necesitaba pasar la noche en blanco en busca del milagroso ardid al que antes hice referencia. En pocas horas mi situación había variado ostensiblemente y Grock, en lo sucesivo, si quería disfrutar de mis favores, no tendría más remedio que aplacar sus incontenibles ansias de mando. La evidencia de que, por distintas razones, ambos nos necesitábamos, me llenó de esperanza. Di, pues, por concluida la velada, dormí dulcemente, arrullado por la bronca respiración de mi compañero, y, al día siguiente, le comuniqué mi propósito de regresar al refugio. Grock asintió refunfuñando, pero me entregó un saquito en el que había colocado sus mejores quesos y algunos trozos de carne.

De esclavo a dama de compañía, de náufrago a Sherezade... La verdad, no podía dejar de sonreír ante mi ascenso.

14

Durante algunos días disfruté del impagable placer de encontrarme a solas conmigo mismo. Limpié mi guarida de los restos de la matanza, encendí un buen fuego y me puse a leer las páginas de mi manuscrito admirándome de que a Grock no se le hubiese ocurrido, durante mi enfermedad, sentenciarlas a un rápido fin al calor de las llamas. Retoqué algunos pasajes, añadí otros, consigné los últimos acontecimientos y, en todo momento, me sentí poseído por la seguridad de que aquellas páginas iban a convertirse en testimonio de esta extraña aventura para alguien más que para mí mismo.

Mi hipotético lector, nacido sin rostro, habría ido adquiriendo, poco a poco, facciones y características concretas. Tendría más o menos mi edad, veinticuatro, veintisiete, tal vez treinta años; sufría con mis infortunios y se alegraba ante mis hallazgos. El hecho de suponerlo inteligente e instruido me daba arrestos suficientes para intentar la mayor concisión en mis descripciones, para no sucumbir a la pereza de lo ya sabido y limitarme a anotar —ahora que el espectro de la locura había desaparecido de mi entorno— las principales novedades del día a la manera de una agenda de negocios o una sucesión de mensajes telegráficos. Fue una gran idea. Porque aquel complaciente y amigable lector me proporcionó, desde su lejana existencia, la compañía y el apoyo necesarios para esperar, lo más equilibrado posible dentro de las circunstancias, la inminente llegada de mi liberación.

Sin embargo, por más que intentaba apurar las delicias de mi recuperada soledad, no podía dejar de pensar en el viejo pastor. Me asombraba su respeto reverencial por la escritura: la conservación de aquel tomo de cubiertas mohosas, durante años y años, sobre la peana abombada y polvorienta, y su afortunada inacción ante el libro de páginas macilentas que constituía mi preciado manuscrito. Me admiraba también el repentino terror del que hizo gala frente a mi incursión en el tétrico bosque de sombras, y su negativa a penetrar en aquella parte de sus dominios. Escribí:

"Grock, en su aislamiento, necesita creer en Algo superior, que venera, respeta y teme. Su mo-

vilidad en la isla es absoluta, con la excepción de
un lúgubre bosque sin vida al que no accedería por
nada del mundo. El bosque es su dios, y el pastor
vive en el convencimiento de que, si no pasa más
allá de la línea de los primeros árboles, el bosque,
su dios, le permitirá seguir disfrutando de sus in-
conmensurables gracias: reinar sobre estas tierras
de piedra y brumas, domeñar los rebaños de ovejas
y carneros, y procurarse, sin demasiado esfuerzo,
leña y alimentos...".

Y resolví que, más adelante, desarrolla-
ría la idea. Pero no llegué a hacerlo. Porque, si bien era cierto que lo que yo contemplaba como un infierno reunía para
Grock todas las características del Edén,
no me pareció prudente dejarme llevar por
los caminos de la imaginación y tejer en
torno a aquel pobre simple ni ésta ni cualquier otra leyenda. Pero la verdad es que
algo de aquellas fantasiosas lucubraciones
había dejado huella en mi ánimo. Siempre
que me desplazaba hasta la hondonada
para hacerme con maderas y leños evitaba
mirar en dirección al bosque, no sé si en
virtud de la sensación de muerte que me
produjo el primer día, o en atención a los
raros escrúpulos del pastor.

Grock, tal como había presentido, me
necesitaba. La confirmación la obtuve con
molesta rapidez, cuando me hallaba enfras-

cado en la escritura y disfrutaba imaginando las reacciones de mi ya imprescindible lector ante la narración de mis últimas aventuras. Al viejo no le importaban ni el frío ni el granizo. Se había desplazado hasta mi majada empapado de agua, ocultando un bulto en el interior de su pelliza, que no me costó ningún esfuerzo identificar y que enseguida me tendió esbozando una sonrisa indecisa. Su llegada, en aquel momento, se me hizo inoportuna e intenté hacérselo comprender. Pero Grock me palmeaba la espalda con insistencia, me instaba a abrir el tomo de cubiertas mohosas que celosamente había protegido de la tempestad, y yo me sabía condenado a volver sobre el pasaje de Daniel que tanto regocijo provocaba en mi auditor y que yo empezaba a contemplar como un suplicio. Forzosamente resignado, cerré el frasco de tinta y recogí mis papeles. Me pareció que el pastor les dirigía una mirada de reproche, como si su salvaje intuición le hiciera percibir la presencia de un ser humano, al que no le era dado acceder, que se interponía como un rival en nuestras relaciones. En el fondo, el viejo tenía razón. Grock me había salvado de la muerte. Ahora mi lector, desde su remota existencia, iba a salvarme de la rudeza de Grock.

Durante aquélla y otras noches intenté

inútilmente encandilar a mi compañero con la destrucción de Babilonia, los sueños de Josué o las riquezas de la reina de Saba. Grock se mantenía incólume en sus preferencias y a mí no me quedaba otra salida que complacerle y regular, de una vez para siempre, nuestras obligadas relaciones de vecindad. Una de cada tres noches yo visitaría la morada del pastor, cumpliría con mi débito de lector y dormiría sobre las pieles extendidas en el piso. A cambio, él me proporcionaría alimentos y leña, y respetaría mis días de soledad. A no ser que algún acontecimiento importante se produjera en la isla —¡la llegada de "los hombres de las botellas", por ejemplo!—. En ese caso debería prevenirme con la máxima celeridad. Grock asintió a regañadientes y volvió a echar una mirada de desconfianza sobre mi manuscrito. La posibilidad de que se hallara celoso me hizo sonreír, pero, al mismo tiempo, temer por sus arrebatos. Fue así cómo, con la simple idea de mantenerlo ocupado, me sorprendí diciendo sin ninguna convicción: "Necesito tablas y maderas del mayor tamaño posible... ¿Podrás conseguírmelas?". El pastor se encogió de hombros y me interrogó con la mirada. "Para construir una balsa", añadí mecánicamente, y al punto me di cuenta de que lo que acababa de improvisar no era

143

ninguna tontería. Una balsa para entretener a Grock durante el día y quién sabe si, además, para adelantar la fecha de mi liberación.

En tan feliz conjetura me mantuve durante unas semanas. El viejo, atareado en sus búsquedas —pero sin olvidarse jamás de mi obligada contraprestación de cada tres noches—, se convirtió en un vecino tratable y servicial. Ninguno de los dos teníamos la menor idea de cómo acometer la empresa: dibujaba distintos modelos de embarcaciones primitivas en un papel, las sometía luego a la consideración de mi ayudante... y terminábamos, invariablemente, olvidándonos de aquellos fantasiosos proyectos para dedicarnos a clavetear y ensamblar maderas de la forma que, en aquellos momentos, nos parecía más fácil y segura. Lo que había empezado como un juego llegó a convertirse para mí en una verdadera obsesión. La balsa se me antojaba la obra más ingeniosa de cuantas ser humano hubiese podido emprender a lo largo de la historia, y, mucho antes de que pudiera considerarse concluida, decidí llegada la hora de realizar la primera prueba. Grock se ofreció cortésmente a arrastrarla hasta el mar, y yo, para tan significativo acto, escogí una pequeña playa de rocalla no lejos del acantilado al que me había conducido el ya casi olvidado "Providence".

Hacía frío y la visibilidad seguía siendo prácticamente nula. Así y todo, vestí los andrajos del chaleco salvavidas sobre la zamarra roja de la que nunca me desprendía, entoné *"In taberna",* como en tiempos lejanos, y me invadió la certeza de hallarme cerrando un círculo de penalidades al que, dentro de muy poco, ni yo mismo podría dar crédito.

Al término de la tercera tentativa empecé a desconfiar de las virtudes marineras de mi balsa. Aquel proyecto de embarcación se empecinaba en enfrentarme a los insondables misterios de las leyes de flotación. Hacía agua por las junturas de los troncos, giraba sobre sí mismo como una peonza y se empeñaba en sumergirse por completo desde el mismo momento en que yo, agarrado a unos asideros, intentaba adosar mi cuerpo a la rugosa y agitada superficie. No hubo cuarta tentativa. Una ola me separó brutalmente de mi indomable invento y terminé dando con los huesos contra el saliente de una roca, en una posición curiosamente idéntica a la que recordaba del día de mi despertar en la isla. El círculo, que tan ingenuamente creía cerrar, estaba dejando paso a un remolino.

Me encogí de hombros. Maldije en varios idiomas la portentosa habilidad de la que hicieron gala los náufragos y héroes de otros tiempos. Envié a los infiernos a todos los escritores, sin excepción, de relatos de aventuras. Renegué de Gracia, de Yasmine... ¿Dónde estarían ahora? ¿Por qué tan fácilmente se me quitaban de en medio dándome por muerto? ¿Me habrían organizado unos funerales fastuosos? ¿Podían sospechar siquiera de mi terrible existencia?... No me molesté en rescatar los deshechos de la balsa. Un viento pertinaz y violento competía ahora con la fuerza de las olas en un claro intento de hacerme perder el equilibrio, como si las fuerzas de la naturaleza se hubieran conchavado, una vez más, para encararme a mi ridícula pequeñez. Pero el viento, recordé, se lleva algunas cosas y trae otras nuevas... Y no sólo el viento. Porque de repente caía en la cuenta de que la niebla se estaba disipando por momentos y algo, encabritándose sobre las olas, se obstinaba en lanzarme signos, muecas, miradas de inteligencia que sólo yo podía registrar. Me asaltó la extraña sensación de que el mar, a su manera, quería hablarme, y permanecí, durante un buen rato, pendiente de las apariciones y desapariciones de unas letras, unas palabras, un mensaje que, por más que me esforzaba, no lograba descifrar en su totalidad. Cuando la última ola lanzó una tabla a mis pies, me agaché y, dominado por un creciente nerviosismo, limpié la superficie de arena y algas.

No era más que una advertencia para lección de instrusos; un letrero que pregonaba la existencia de docenas de letreros más a lo largo y ancho de aquella isla de vapores y sombras; un aviso que me hacía comprender súbitamente la razón de las playas cercadas, de las púas disuasorias, de los barcos a los que no se les ocurriría jamás detenerse en las proximidades de una tierra maldita. Por fin lograba hacerme una idea del porqué del éxodo de los pastores, de mi majada abandonada quién sabe cuánto tiempo atrás... Leí:

ISLA DE GRUINARD
PELIGRO DE CONTAMINACION
PROHIBIDO EL PASO

Y volví a sentir la angustiosa impotencia del prisionero.

Pero no podía resignarme. Alcé la vista al cielo para descargar mi ira en el Todopoderoso y, a la vez, suplicar desesperadamente un milagro. Por un instante los ojos se me nublaron y el deseo me hizo creer que alguien muy semejante a Dios Padre se había compadecido de mi suerte y hacía acto de presencia en el mismo infierno.

Pero, cuando me enjugué las lágrimas, la ilusión se desvaneció. Ahí estábamos sólo él y yo. Yo, con el puño alzado contra el cielo, y Grock, en lo alto del acantilado, saltando y riendo como un niño.

15

Cuando la niebla se disipó casi por completo y pude hacerme, por primera vez, una idea panorámica del lugar en el que me hallaba, constaté que la recién nacida Gruinard era en todo semejante a la Isla de Grock, con una pequeña salvedad que me dejó desconcertado y que, al principio, atribuí a mi pésimo sentido de la orientación.

No me había equivocado al describir el carácter pedregoso e inhóspito de la isla o en sospechar que poco o nada, fuera de lo ya conocido, me iba a ser desvelado el día esperado por mí durante tanto tiempo. Sin embargo, ahora que desde lo alto de una loma me entretenía en localizar mis puntos de referencia, no podía dejar de admirarme ante su insólita disposición en aquellas tierras. El bosque, por ejemplo, se hallaba bastante más cercano a mi refugio de lo que yo siempre creyera, y lo mismo cabría decir del manantial o de la explanada en la que, tiempo atrás, sorprendiera a las hediondas ovejas entregadas a uno de sus sanguinarios pasatiempos. Recorrí con los ojos el camino hasta una encrucijada, remonté un cerro, tomé por una vereda, pero, por más que agucé la vista, no logré dar con la morada del viejo pastor. La visión de Gruinard, en su totalidad, se me antojó carente de toda lógica. ¿O se trataba simplemente de un curioso efecto óptico?... Cuando, de pronto, a una distancia irrisoria, localicé una chimenea humeante, comprendí que Gruinard no era más que una versión reducida de la Isla de Grock y que el viejo tenía mucho que ver con la humillante burla.

Porque allí, a menos de un tiro de piedra, se hallaba la morada de mi singular vecino; un viejo bribón que, amparado en las tenaces brumas, se había obstinado en ofrecerme una visión distorsionada de sus dominios, mostrándome caminos que no eran sino absurdos rodeos, salvaguardando su autoridad en mi absoluta ignorancia. Los dominios de Grock... Un ridículo islote en el que yo había llegado a sentirme embargado por una agobiante sensación de inmensidad. Me reconocí más estúpido que nunca, pensé que Grock poseía la astucia de un niño y me recordé a mí mismo y a mi hermana Gracia, en los lejanos días de la infancia, dividiendo nuestro cuarto de juegos en caminos imaginarios que obligábamos a respetar a todo aquel que osase entrar en nuestro territorio. Nuestros dominios, como los de Grock, eran inmensos e inexpugnables.

No llegué a enfadarme seriamente. En realidad no tenía tiempo para enfadarme ni para presentarme en dos zancadas en la casa del pastor y devolverle la burla. Ante mí se abría una claridad esperanzadora de la que me hallaba decidido a apurar el último segundo. Corrí al mar, distinguí una línea borrosa que adiviné la costa más cercana y, armado de una paciencia infinita, permanecí durante dos días agitando la zamarra a la menor oportunidad en que me parecía divisar la silueta de un buque. La mañana del tercer día, la mañana más clara desde que yo pusiera los pies en la isla, distinguí con toda nitidez la proximidad de la costa y me di cuenta, con cierto bochornoso asombro, que me hallaba en un punto mucho más frecuentado de lo que pude, en los momentos de mayor euforia, haber presentido. Aquella tarde, al fin, una embarcación de recreo se aproximó lo suficiente como para darme a entender que habían registrado mis llamadas de auxilio.

¿Cómo iba a enojarme por las travesuras de Grock ahora que toda aquella pesadilla estaba a punto de concluir? ¿Cómo podía recriminarle que no reconociera el nombre de Gruinard y no supiera explicarme en qué consistía aquella extraña advertencia que hablaba de prohibiciones y contaminaciones? Al cabo de dos días, ante el terror del pastor y mi indescriptible alegría, un helicóptero sobrevoló la isla.

No llegaron a tomar tierra. El artefacto quedó suspendido en el aire, a pocos metros de donde yo agitaba los brazos, y uno de los dos hombres, a través de un megáfono y ante mi más absoluta sorpresa, me espetó: "¿Qué está haciendo usted aquí, si puede saberse?".

Nunca hubiera podido sospechar que el momento de la salvación me llegara precedido de un exhaustivo cuestionario. Me preguntaron cómo había llegado hasta la isla, cuánto tiempo llevaba en aquellas tierras, cuál era mi identidad, mi profesión... Sus voces me parecieron cortantes y profesionales, con un deje de disgusto que no se molestaban en disfrazar, como si su misión les resultase altamente desagradable o se hallaran ante el autor de un acto criminal. Por unos instantes el hombre del megáfono interrumpió su interrogatorio y mur-

muró algo al oído del piloto. Pero no lanzaron escalerillas ni cuerdas. "Escuche atentamente", volvieron a decir.

Sí, lo sabía. Me hallaba en Gruinard, nombre que empezaba a detestar aún más que el de Isla de Grock, un lugar de tierras contaminadas y del que no iban a poder rescatarme en aquella ocasión. Dentro de siete días exactos, una lancha, a las órdenes de un equipo de científicos, atracaría en una de las playas. Hasta entonces debían tomar ciertas precauciones, y yo, por mi parte, seguir una estricta medicación. Me lanzaron una bolsa con alimentos y fármacos. En su interior encontraría las instrucciones que debía leer y seguir al pie de la letra. Siete días, nada más. Me rogaban que no perdiera la calma, pero, sobre todo —y aquí la voz del uniformado adquirió una solemne claridad—, tenía que abstenerme de hacer cualquier tipo de señal a los barcos. Mi caso, dijeron, estaba controlado.

Alcancé la bolsa con toda la resignación de la que me sentí capaz y volví a alzar la mirada. "Otra cosa", advirtió el megáfono, "es improbable pero posible que se encuentre, si no se ha encontrado ya, con un viejo pastor huraño y violento. Evite su proximidad. Es peligroso y además... está completamente contaminado". Antes de reemprender el vuelo, el helicóptero giró sobre sí mismo y un tercer hombre, en el que no había reparado, dirigió su objetivo hacia mí... y me hizo una foto.

Era todo tan extraño, tan formal, tan frío y burocrático, que me quedé largo rato de pie, junto a la bolsa de provisiones, observando embelesado las oscilaciones del aparato en el aire.

Encontré a Grock en el mismo lugar en que lo había dejado. Oculto en mi cabaña, con las huellas de la sorpresa dibujadas todavía en su rostro. Abrí la bolsa y leí el pliego de instrucciones que envolvía unos frasquitos y un par de cajas de pastillas. En el fondo encontré unas cuantas latas, alimentos concentrados, zumos de frutas, café, cigarrillos, fósforos... "Evitar a Grock", recordé. Pero no me hallaba dispuesto a cumplir con la última prescripción. Aquella tarde celebramos un festín al calor del fuego, y lo mismo a la siguiente y a la otra... Al llegar al cuarto día las provisiones se agotaron y volvimos a nuestro menú habitual a base de algas, pescado y queso de oveja. Ahora, al caer la noche, el cielo aparecía estrellado y se podían distinguir las luces de la costa; por las mañanas, sentado en el acantilado, contemplaba la cercanía de la civilización y un estremecimiento recorría mi cuerpo. Fueron, con toda seguridad, los siete días más largos desde que llegara a la isla, durante los que entretuve mi impaciencia contándole a Grock cosas que no podía comprender. Lo que era un helicóptero, para qué servían aquellas pastillas, dónde estaba mi país de origen... Mi foto habría aparecido ya en todos los periódicos y, dentro de muy poco, el equipo de salvamento —los científicos, según habían dicho— vendría a rescatarme en lancha. ¿Eran ellos los que se encargaban de traerle las botellas a Grock? ¿Era él, de alguna manera, el guardián de la isla?... El pastor me escuchaba sin pestañear, celoso de no separarse de mi compañía, asustado aún por la intempestiva aparición de aquel artefacto de cuya existencia, probablemente, no había tenido noticia hasta entonces. En la última velada lo vi tan triste y taciturno que resolví ofrecerle una prueba simbólica de mi agradecimiento. Le entregué la zamarra roja del capitán y él, contento como unas pascuas, me obligó a que vistiera su chaqueta de pieles de oveja.

Aquella noche ninguno de los dos pudo dormir. Yo, porque contaba los minutos que me separaban de mi salvación; Grock, porque no podía ignorar que, al día siguiente, iba a perder a su único amigo.

16

Cuando abrí los ojos y vi a Grock en posición de animal alertado, comprendí que, pese al nerviosismo, había sido vencido por el sueño y que el agudo oído de mi compañero estaba registrando el lejano rumor de una lancha. Me incorporé de un salto, grité: "¡Son ellos!" y, al instante, sin que acertara a explicarme lo que estaba ocurriendo, me sentí proyectado contra uno de los muros.

El viejo me miraba con una expresión indefinible. En una de las manos sostenía la Biblia que yo conocía tan bien y en la otra una gruesa soga que esgrimía en lo alto en actitud amenazante. Gruñó algo que no logré descifrar, volvió a proyectarme contra la pared y, con una habilidad y rapidez prodigiosas, rodeó mi cintura con la soga, redujo mis protestas a golpes de Sagradas Escrituras y me ató a una de las piedras que, en noches anteriores, sirviera como base a nuestro prolongado festín de despedida. De nada me sirvió gritar e implorar sus favores. Grock alcanzó la puerta de un salto, y yo, arrastrándome penosamente, tan sólo logré avistar un punto rojo que desaparecía tras una de las lomas.

Por suerte, la misma sorpresa que me había impedido reaccionar, había llevado al pastor a subestimar mis fuerzas. Haciendo acopio de todas mis energías logré desprenderme del pesado lastre y, sabiendo que no disponía de tiempo que perder, me enrollé el resto de la soga en la cintura y emprendí, agazapándome y ocultándome entre las piedras, el camino de la playa. Ahora sabía que Grock no estaba dispuesto a volver a la soledad de antes de conocerme, y no dudaba de que sería capaz de emplear un método mucho más contundente si me descubría fuera de mi refugio. Al cabo de un rato me escondí tras una roca y observé. Seis hombres habían desembarcado en Gruinard y avanzaban con paso rápido en dirección al centro de la isla. Iba a agitar los brazos y a gritar, ahora que me encontraba por fin en presencia de mis libertadores, cuando oí un alarido y divisé a Grock surgiendo de entre las piedras y corriendo a saltos a su encuentro. Entonces ocurrió algo que me dejó petrificado en mi escondite.

Tres de los seis hombres acababan de

desenfundar sus armas y apuntaban en dirección al pastor. Después todo sucedió con demasiada rapidez para que yo pudiera evitarlo. Al sonido de los disparos siguió enseguida un grito de dolor. Grock alzó los brazos, avanzó aún algunos pasos, de nuevo sonaron varias detonaciones, y el viejo cayó de bruces sobre las piedras para no levantarse jamás.

Durante un buen rato permanecí como ausente contemplando los movimientos de aquellos hombres cuyas voces me traía el viento. Observé que, tras los autores de los disparos, tres hombres más se habían quedado rezagados, como si se desentendieran olímpicamente de lo que acababan de presenciar o no quisieran participar en lo que, en estos momentos, se estaba llevando a cabo. No vestían uniformes y se les veía muy atareados recogiendo muestras de tierra, clasificándolas e introduciéndolas en unos tubitos que enseguida acomodaban en un maletín metálico. Mientras, los tres primeros procedían a enterrar a Grock. Lo hacían de una forma brutal e irrespetuosa, amontonando tierra y piedras sobre mi compañero de infortunios, llevándose ostentosamente las manos a la nariz, quejándose del hedor que despedía aquel cuerpo inerte al que llamaban carroña, despojo, piltrafa... El estupor había dejado paso a una ira que, lejos de ponerme en acción, seguía manteniéndome paralizado. Como en sueños, observé las evoluciones de aquellos asesinos. Ahora los hombres del maletín se dirigían hacia el bosque acompañados de uno de los uniformados. Los otros se quedaron junto al montón de tierra que cobijaba a Grock y encendieron un cigarrillo. Como si hubieran cumplido una peligrosa misión y se regalaran con un momento de respiro. Su actitud me taladraba el corazón. Pero sus armas seguían en ristre y por nada del mundo me hubiera atrevido a hacer acto de presencia antes del regreso del resto del equipo. Durante las largas horas de espera no dejé de preguntarme por qué habían matado a mi amigo. Cierto que el aspecto de Grock era suficiente por sí solo para sobresaltar al más temerario, y era muy probable que aquellos hombres conocieran de sobras sus arrebatos de violencia y tomaran la carrera de bienvenida como un intento de ataque. Pero me costaba comprender la indiferencia de los científicos, la razón por la que los uniformados no se hubieran molestado siquiera en dar el alto, en tomar precauciones, en hacer valer su superioridad sobre un pobre pastor viejo y desarmado. No podía hacer otra cosa que contener mi rabia y aguardar. Seguramente, en estos momen-

160

tos, los científicos estaban enfrascados en mi búsqueda.

Una nueva detonación procedente del bosque terminó con las ocasionales chanzas de los dos guardianes. Se miraron entre sí, se encogieron de hombros y, por un momento, volvieron a su posición de alerta. Me agazapé aún más. Algo estaba ocurriendo en la isla que escapaba totalmente a mi comprensión. Ahora uno de los uniformados silbaba monótonamente y el otro, como si presintiera mi presencia, se entretenía en lanzar guijarros contra la roca que me servía de escondite. De pronto dejé de oír la tonadilla, una última piedra rebotó sobre mi cabeza y escuché voces y pasos. Uno de los guardianes preguntó a voz en grito:

—¿Todo en orden?

Del camino del bosque no tardó en llegar la respuesta, y yo comprendí, con alivio, que la expedición se estaba aproximando.

—Una oveja... No era más que una oveja.

Había llegado el momento de dejarme ver. Aguardé a que los pasos se mezclaran con los renovados silbidos del guardián, me cercioré de que los seis hombres se hallaban por fin a mis pies, de un salto me situé en lo alto de la roca y, sin poder contenerme un instante más, me puse a gritar con toda la fuerza de mis pulmones.

La sorpresa ante mi súbita aparición duró tan sólo unos segundos. Enseguida tres fusiles se alzaron contra mí, el grito murió en la garganta, los ojos se me nublaron y, a una velocidad de vértigo, asistí inerte a un apretado desfile de retazos de mi propia vida.

No tuve ni tiempo de asombrarme. Ahí estaban los juegos con mi hermana, el claustro del Seminario, las tierras a las que ya no podría regresar, una duda especial en cierta traducción de Aristófanes, el perfume de Gracia, el sabor a chocolate caliente en las tardes de invierno, de nuevo aquella duda especial, el ceño fruncido de Yasmine, las palabras "bauprés", "matalotaje", "calabrote"... Pero no sentía añoranza ni pena. En el fondo de mis ojos cerrados otras imágenes pugnaban por abrirse paso. No eran ya recuerdos ni vivencias, sino imágenes entrevistas en sueños, sueños de sueños, constantes y reiteraciones de mis sueños... Comprendí que me hallaba en la antesala de la muerte y que muy pronto aquel mareante remolino cedería el lugar a una claridad beatífica, a un descanso plácido, reparador, secretamente ansiado... O quizá yo estaba muerto desde hacía tiempo, desde el mismo día en que el "Providence" quedó encallado en la isla. Ahora empezaba a entender que Gruinard no debía ser más que el Purgatorio y Grock, mi singular carcelero. Un guardián que acababa de poner un simbólico fin a su misión para prepararme el acceso al conocimiento, al descanso total... Pero, de repente, una voz que no procedía de mi interior pronunció un grito de mando. "¡Alto!", oí. Y no pude por menos que abrir los ojos y sentirme de nuevo dramáticamente vivo.

Los uniformados habían desviado sus fusiles y el hombre de la maleta metálica se hallaba con el brazo alzado mirándome fijamente. Tras unos instantes de reflexión, avanzó unos pasos hacia la roca y, con voz pausada, deletreando parsimoniosamente, como si se dirigiera a un necio o a un sordomudo, preguntó: "¿Queda alguien más en la isla?".

Tardé un rato en reaccionar y negar con un movimiento de cabeza. El día de mi liberación estaba transcurriendo de una forma demasiado extraña para que pudiera saber lo que debía hacer o contestar. El hombre dijo algo más en idéntico tono a su primera pregunta, algo que al principio no entendí o mi asombro me impidió entender. Luego, volviéndose hacia el resto de la expedición, aclaró:

—Es Grock... Simple e inofensivo como un niño.

Y yo, mudo de emoción, asistí inmóvil sobre la roca a la marcha de mis supuestos salvadores hasta oír con toda nitidez el rumor de la lancha. De mi boca no surgió un solo sonido. Porque, si yo era Grock, el pastor huraño y simplón que por nada del mundo abandonaría sus dominios, quien yacía bajo aquel montón de tierra y piedras no podía ser otro que Daniel.

El viejo, por segunda vez, me había salvado la vida.

17

Supe enseguida lo que debía hacer. Desenterré el cuerpo de mi compañero, lo cargué a la espalda y me dirigí, campo a través, hacia lo que, hasta hacía sólo unas pocas horas, había sido su morada. El camino se me hizo largo y penoso, casi tanto como en aquella lejana ocasión en que Grock me condujo por primera vez a su cabaña utilizando toda suerte de rodeos, y no pude dejar de pensar que mi amigo, desde el más allá, se hallaba obstinado en una última y macabra demostración de la grandiosidad de sus dominios. El cadáver había adquirido la dureza de una piedra y, de tanto en tanto, me veía obligado a depositarlo en el suelo y tomarme un respiro. En uno de esos forzados descansos observé la transformación que se había operado en su rostro. Sus rasgos se habían afilado en extremo y su piel había adquirido la apariencia del cartón y la lividez de la cera. Volví a cargármelo a la espalda. Aquella angustiosa reproducción de mi amigo se me hacía insufrible.

Al llegar a la puerta de la casa, también como en una lejana ocasión, me derrumbé exhausto. Pero no tenía tiempo que perder. Me hice con picos y palas, removí la tierra, cavé y acomodé el cuerpo de Grock junto a lo que adiviné los restos de su mejor amigo. Después le crucé los brazos sobre el pecho y cubrí con tierra su desconocido rostro. Ahora Grock volvía a ser el Grock de mis recuerdos, y a él, sólo a él, iba a dedicarle mis oraciones.

Pero no pude o no supe rezar. Una voz que brotaba de mi propia garganta se encargó, movida por un extraño resorte, de recitarle mi despedida. Me oí a mí mismo pronunciar: *"Y he aquí un carnero que estaba delante del río..."*. Y seguí escuchándome embelesado, imaginando que, bajo tierra, aquellos ojos cerrados habían vuelto a cobrar vida y me sonreían ahora, entre cansados y felices, por repetirle una vez más su historia predilecta, el enfrentamiento del macho cabrío con el carnero, la postración del pobre y espantado Daniel... ¿Yo mismo? ¿El profeta?... No, Daniel yacía bajo tierra, a mis pies. Vestía la zamarra roja del capitán, la misma con la que me conocieron los hombres del helicóptero, la que debía figurar en cierta fotografía que no iba

166

destinada a ningún rotativo, la instantánea de la que jamás en la vida se haría publicidad. Pero quedaba todavía un punto oscuro. Si una prenda de color chillón bastaba para identificar al intruso... significaba que mi aspecto apenas difería del del salvaje y viejo Grock. No tenía espejo en el que mirarme. Pero seguí echando tierra sobre aquel cuerpo marcado por la terrible mano de la muerte y, por primera vez, me reconocí deforme y monstruoso. Porque con la muerte de Daniel yo me convertía de inmediato en Grock, el amo de la isla, el simple al que se reducía con unas cuantas botellas de alcohol, el conejillo de indias para quién sabe qué experimentos inconfesables... Cuando rematé la inhumación colocando la cruz, me puse a llorar y a reír como un loco. Al igual que Grock. "Eso", no podía dejar de decirme, "eso es lo que hubiese hecho Grock". Y así permanecí, abrazado a la tierra que cubría a mi gran compañero, hasta que la fatiga venció sobre la exaltación y caí en un profundo sueño.

Cuando desperté estaba amaneciendo y mis labios pronunciaban aún *Y el macho cabrío se engrandeció sobremanera...*. Me restregué los ojos, me incorporé y constaté con espanto cómo media docena de aquellas repelentes bestias había pasado la noche junto a mí, como si yo fuera su pastor y ellas unas tranquilas y mansas ovejas. De mi boca surgió un alarido infernal. Ellas, presas de un súbito pánico, se dispersaron veloces en todas direcciones.

Ya no quedaba duda alguna. También para las ovejas yo me había convertido en Grock.

El hombre que pronunció aquel "¡Alto"! que me libró de la muerte no había dudado al decirme: "Hoy no tenemos tiempo para ti, pero allí en la playa, encontrarás lo que estás esperando". Y no me había engañado. Una caja de madera con mi ración de whisky y aguardiente. ¿Acaso podía pretender algo más? "Hoy no tenemos tiempo para ti, Grock...". ¡Qué podía importarme ya! La alternativa era clara y de nada me serviría volver a creerme yo, intentar de nuevo construir una balsa o alcanzar la costa a nado. En el mundo no había más sitio para Daniel que un húmedo y oscuro pedazo de tierra. A Grock, por el contrario, se le permitía la bendición de la vida. Dentro de un par de años volvería la expedición de científicos. Tal vez, en aquel momento, tendrían más tiempo para mí, para analizar mis pústulas, para admirarse de mi resistencia y agilidad, para examinarme concienzudamente y comprobar estupefactos cómo los efectos de la contaminación producían un rejuvenecimiento espectacular en los miembros del viejo salvaje. Y yo tendría buen cuidado en imitar la voz del pastor, en dejarme fotografiar lleno de contento, en recoger la instantánea y reírme como un loco de lo que vieran mis ojos sin hacerles saber que me estaba riendo de mí mismo. Porque, a lo mejor, las carcajadas serían sinceras y la monstruosidad de mi aspecto no me produciría otra reacción que una delirante hilaridad. O quizá los acontecimientos se presentaran de otro modo. Dos años era mucho tiempo. Algún barco podía estrellarse contra el acantilado en pleno invierno, un náufrago internarse por entre las brumas y repetir mi ciclo de esperanzas y sufrimientos. Y yo entonces, en un acto ritual, decidiría sacrificarme en aras de un nuevo Grock. Porque tal vez así había ocurrido en la isla desde los tiempos en que sus pobladores se vieron obligados a abandonarla y mi antecesor no fuera más que un simple eslabón en una larga cadena de Grocks cuya historia, ahora, no tenía más remedio que hacer mía.

Sí, la alternativa era clara. Convertirme en el Próspero de Gruinard, en un Grock ilustrado a la espera de posibles náufragos, un salvaje socarrón capaz de interrogar en múltiples idiomas a la expedición científica, cantarles en latín, insultarles en griego... Y podía, además, atreverme a lo que nunca Grock se atrevió. Dirigirme al bosque, buscar el árbol de la ciencia, comer de sus frutos y adquirir el conocimiento. En el peor de los casos, la expulsión del paraíso. Sí, en el bosque debía morar el Poder Supremo que amedrentaba a mi querido Grock. Bastaba con creerlo a pies juntillas, actuar como un loco y alcanzar, por fin, la simple felicidad del viejo pastor: reinar sobre los dominios que me habían tocado en herencia, y hacerme con los secretos y misterios de estas tierras que a ningún mortal, que no sea Grock, le ha sido dado disfrutar.

Ahora sabía, sin dolor, que no iba a concluir el relato de mis andanzas en el confortable hogar de Gracia. Había llegado la hora de emprender la auténtica, la imprevisible aventura, de la que, desaparecido el rostro de aquel lejano, imposible y fastidioso lector, no me iba a molestar en dejar constancia.

18

Pero las cosas, una vez más a lo largo de mi vida, no sucedieron como había profetizado. Permanecí unos días en el corazón del bosque esperando una revelación que no se producía e intentando convencerme de que en aquel perdido y condenado lugar de Gruinard iba a nacer en breve una nueva religión de la que, con toda probabilidad, yo iba a ser el principal ministro y el único seguidor. Pero no estaba aún lo suficientemente loco como para convencerme de nada, ni el ayuno al que me forcé, con la esperanza de adelantar acontecimientos, tuvo como efecto modificar mi entorno y regalarme con alguna deliciosa alucinación en la que asentar mis futuras creencias. Cuando el hambre empezó a provocarme agudos retortijones en el estómago, abandoné desencantado mi estado de contemplación en el bosque sin vida, me dirigí al refugio y engullí un par de quesos. Después me senté en lo alto del acantilado y comprobé, con satisfacción, que, por primera vez desde mi llegada a la isla, conseguía no pensar en nada y sentirme, al tiempo, moderadamente relajado y feliz. Fue entonces cuando los vi.

Acababan de descender de una lancha, llevaban unos sacos colgados al hombro y miraban en todas las direcciones como si no supieran por qué camino tomar para internarse en mis dominios. No iban armados, parecían muy jóvenes y su aspecto no me pudo producir el menor sobresalto. Yo, súbitamente exaltado ante esta inesperada novedad, me olvidé del mío. Los cabellos, enmarañados y sucios, me caían sobre los hombros, vestía la ruda pelliza de mi antecesor y de mi cintura colgaba aún, a la manera de una cola, la gruesa soga con la que el pastor había pretendido reducirme. Agité los brazos y grité con todas mis fuerzas. Ellos retrocedieron aterrados.

Pero no tenían por qué temer de mí ni yo, en vista de su asombro, tomar precaución alguna. Descendí por el acantilado con la rapidez y temeridad de una cabra y, cuando me hallaba a pocos pasos, con la única intención de tranquilizarles, me olvidé de mi pretensión de amo absoluto de aquellas tierras y les enteré de mi antigua condición de náufrago. Ellos, tras unos instantes de duda, me informaron de la suya.

Pertenecían a un grupo ecologista, habían acudido a la isla, violando todo tipo de prohibición, con el objeto de hacerse con muestras de tierra contaminada y llamar la atención sobre el peligro que entrañaban determinados experimentos de los que, más adelante, me hablarían largo y tendido. Mi presencia, sin embargo, dejaba en suspenso sus tímidos proyectos. Yo me convertía, de pronto, en una muestra viva de los riesgos que se proponían denunciar. La prueba más espectacular de la aberración que significaba la existencia de la isla de Gruinard a escasas millas de la bahía del mismo nombre.

Me embarcaron en la lancha, me cubrieron con los sacos y se mantuvieron a una distancia prudencial, no tanto por miedo a un posible contagio, sino porque, según me confesarían luego, mi pestilencia les colocaba al límite de lo soportable. Fue así cómo, con mi manuscrito como única pertenencia, me encontré regresando a la vida en un momento en que me creía definitivamente expulsado de su seno.

—¿Qué día es hoy? —pregunté movido por algo más que una simple curiosidad.

Ellos contestaron al unísono:

—Siete de junio de 1981.

Y mientras constataba asombrado que aquel preciso día terminaba mi glorioso

Año de Gracia, me entregué, arrullado por el ronroneo del motor, a un dulce sopor, evitando en todo momento mirar hacia atrás. No sé aún si en recuerdo de ciertas maldiciones bíblicas, o por el simple e irracional temor de verme a mí mismo, en lo alto del acantilado, agitando esperanzado una deteriorada zamarra roja.

Apéndice

La historia de la Isla de Gruinard no difiere demasiado de la de la Isla de Grock. Se halla situada al noroeste de Escocia, a menos de dos kilómetros de la bahía del mismo nombre, pertenece al archipiélago de las Hébridas, y en 1941 fue escogida como campo de experimentación para una eventual guerra biológica contra Alemania. La tierra fue contaminada con esporas de antrax y los escasos habitantes, pastores en su mayoría, obligados a desalojarla. En la isla tan sólo quedaron algunas ovejas abandonadas a su suerte. Desde entonces, Gruinard permanece cerrada a la curiosidad del público y únicamente una expedición de científicos acude, cada dos años, tras haber sido sometida a pruebas y vacunas durante siete meses.

Sin embargo, en la historia oficial, con la que se me obsequió de continuo, no había una sola referencia a la existencia de Grock ni al trágico fin que, quién sabe des-

177

de qué secreto despacho, se me había destinado días atrás. No podía ignorar que mi situación había efectuado un giro milagroso. El grupo ecologista, mis reales salvadores, se hallaban pendientes de mis mejoras —tal vez de mis empeoramientos— para hacer de mí la muestra irrefutable de sus condenas. Pero el despojo humano que pretendían exhibir se convirtió pronto en un hombre presentable gracias a los denodados cuidados de un equipo de médicos empecinado en la tarea opuesta: minimizar las huellas del antrax, reducir mi estancia en la isla a unas pocas semanas y agrandar los efectos físicos y morales del naufragio. Sin embargo, fuera porque los experimentos en los años cuarenta no habían resultado tan efectivos como sospechaban los científicos, fuera porque mi propio estado no era tan alarmante como deseaban mis rescatadores, lo cierto es que los primeros se habían precipitado en su decisión de eliminarme y los segundos en mostrar una euforia extrema. Al cabo de un tiempo unos y otros empezaron a cansarse de mí. Aquellos jóvenes que con tanta convicción habían acogido mi manuscrito (y que, según dijeron, habían tenido que destruir por elementales razones de higiene) me devolvieron un buen día una pulcra fotocopia del original. Se veían incapaces de traducir una sola línea y me rogaban —sin notable entusiasmo— que si, tras la interpretación de mi propia taquigrafía, conseguía encontrar algún dato de interés para su causa, se lo hiciera llegar. Uno de los médicos, por otra parte —y nunca me pude librar de la certeza de que no era simplemente un médico—, me pareció sospechosamente interesado en insistir en mi conmoción emocional y en intentar sonsacarme la cuota de mis recuerdos que no hiciera referencia a la soledad o a las dificultades de la supervivencia. De mi boca no surgió una sola alusión a Grock ni a la muerte de la que mi amigo, consciente o no, me había salvado, probablemente —por lo menos así lo creí entonces— por razones de estricta seguridad.

Antes de ser dado de alta, con los oídos y la vista algo alterados aún —"por efecto del naufragio", naturalmente—, competentes cirujanos se encargaron de extraerme las pústulas y borrar en lo posible las huellas de mi larga permanencia en Gruinard. A la altura de la comisura de los labios la labor, por lo visto, les resultó difícil. Me recomendaron que me dejara bigote y les obedecí. Cuando, con unas gruesas gafas de concha, me observé por primera vez en el espejo, sonreí ante la ligera pero importante transformación de lo que recordaba de mi aspecto. Sin embargo, al contemplar una de las fotografías que me hicieron a la entrada del hospital, no me encontré con valor para reírme de mí mismo.

Decidí regresar a Barcelona con toda tranquilidad, acostumbrándome otra vez al mundo y a mi nueva apariencia. Al cabo de una semana me encontré en Dover, montado en un ferry con destino a Calais, intentando ordenar mis sensaciones y huyendo, durante gran parte de la travesía, de un odioso grupo de bulliciosas colegialas. En uno de los salones, mientras me miraba todavía confundido en el espejo, oí unas risas a mis espaldas que me causaron una extraña emoción. Me volví y reparé en una docena de mujeres de rostros pecosos y cabellos rojizos. Recuperando la arrogancia de un Daniel perdido en otros tiempos le pregunté a la autora de las risas por el motivo de su hilaridad. Ella no supo explicármelo. Dijo que reía simplemente, que era de Leadburn, una localidad cercana a Edimburgo y que, al igual que las otras mujeres, había ganado un premio en el sorteo de una cadena de supermercados y se dirigía a un lugar llamado París, primero, y a otro llamado Barcelona, después. Me enseñó un prospecto con los puntos más importantes del viaje, dijo llamarse Gruda McEnrich, y volvió a reír porque el mar, según explicó, le producía muchísimo miedo.

Descendí en Calais y, sin formularme demasiadas preguntas, me dirigí a Saint-Malo. No buscaba nada en concreto, fuera de convencerme de que Saint-Malo existía, y de que, unos meses atrás, un muchacho tremendamente joven e inexperto había paseado por aquel mismo muelle soñando con fascinantes aventuras. Mis piernas me encaminaron hacia un café que recordaba muy bien, más tarde a una pensión, de nuevo a otro café... Fue entonces, en este último local, cuando creí, por primera vez en mi vida, en la existencia de fantasmas.

El café se llamaba "Providence", un retrato de tío Jean me miraba sonriente desde una de las paredes del establecimiento y, al otro lado de la barra, un trajeado y cetrino hombre de mediana edad atendía con displicencia a la clientela. Tuve que apoyarme en una mesa para no caer. Pero Naguib no había dado muestra alguna de reconocerme. Me senté junto a un viejo completamente ebrio y le invité a unas copas. De allí nos trasladamos a otro bar y de nuevo a otro. Pude enterarme así de la sorprendente y milagrosa salvación del egipcio. Porque Naguib fue recogido con vida por un mercante... Y no sólo con vida. En uno de los bolsillos del chaleco salvavidas se encontró, celosamente protegido, un cheque nominal para un banco de Glasgow por una elevadísima cantidad. Una historia de fidelidades y de...*providencias.* El hombre rio su ocurrencia durante un largo minuto y prosiguió: "Cuando el viejo Jean se dio cuenta de que iba a naufragar sin remedio, se negó a abandonar el barco, extendió un cheque al marinero, le recordó que era lo único que tenía en el mundo y se despidió de él deseándole la mejor de las venturas. Si logras salvarte, dicen que le dijo, disfrútalo en mi memoria... Una historia emocionante, ¿no es cierto?...".

Me quité las gafas y, por unos segundos, mi tambaleante interlocutor se difuminó entre brumas y sombras.

—Sí. Una historia increíble —me limité a decir.

Pero en mis palabras no se ocultaba ironía alguna.

Aquella misma noche llegué a París, dormí en el primer hotel que se me puso por delante y, al día siguiente, me senté en una de las mesas del café en el que, hacía tan sólo unos meses, había llegado a creerme un elegido de los dioses. Todo estaba angustiosamente igual a como lo recordaba. Las mismas conversaciones, los mismos rostros... Sentí un impertinente escalofrío y, con cierto temor, pregunté por Yasmine. El camarero se encogió de hombros, pero me señaló a un joven de aspecto agitanado y modales tímidos... ¿Otro exseminarista? ¿Un excarcelario, quizá? Con una inmensa alegría recordé a Gruda y el nombre de un hotel impreso en un prospecto. Por la tarde, la Srta McEnrich y yo nos fuimos al cine.

Al llegar a Barcelona telefoneé a mi hermana, después a su administrador, más tarde a su abogado. Gracia se encontraba en Venezuela viviendo su segunda luna de miel con su segundo marido. Me alegré. Ella, en cambio, a decir de su abogado, no quería saber nada de mí ni de mi ingratitud manifiesta. Entonces tomé dos decisiones. La primera contarle mi periplo al rector del Seminario. La segunda, casarme con Gruda. El rector recibió el relato de mis andanzas con la más incontenible de sus carcajadas. Gruda, mi proposición, con la más absoluta de las sorpresas. Después, al cabo de cierto tiempo, mientras intentaba adaptarme al bullicio de la vida ciudadana, comprendí al fin la razón de mi obstinado silencio en el hospital y de mi total pasividad ante el descubrimiento de un café llamado "Providence"... Había una parte de mi vida que no podía ni quería compartir. Porque, por las noches, cuando Gruda se revolvía en el lecho, soñaba en voz alta o respiraba con fuerza, a mí, amparado en la oscuridad, me gustaba imaginar que era aún un náufrago, que mi fiel amigo dormitaba a mi lado y que, a lo mejor, al despertar, me encontraría de nuevo en la apacible y tranquila Isla de Grock.

Y entonces, sólo entonces, tras recrearme en tan entrañables recuerdos, podía dormir con una profundidad envidiable o entregarme a dulces y deliciosos sueños.